Fürs Leben zu lang

Nikola Huppertz

FÜRS LEBEN ZU LANG

TULIPAN VERLAG

Das ganze Haus lebt
und Herr Krekeler
will sterben

Fr., 29.03.

Als Joël Hummel heute an mir vorbei über den Hinterhof ging, konnte ich sofort erkennen, dass er loszog, um ein Mädchen zu küssen. Er sah gleichzeitig siegessicher und aufgeregt aus, fuhr sich durchs Haar wie ein olympischer Sprinter kurz vor seinem Lauf auf der Tartanbahn und umfasste dann wieder sein Handgelenk mit Daumen und Mittelfinger, als müsste er sich hinter sich selbst herziehen. Und zum ersten Mal erschien es mir nicht mehr unsinnig, etwas in dieses überteuerte Notizbuch mit Goldschnitt und Lesebändchen zu schreiben, das ich (ohne dass ich es mir gewünscht hätte) zu meinem dreizehnten Geburtstag bekommen hab.

Ich gehe davon aus, dass Mama und Papa es mir als Tagebuch andrehen wollten. Malve schreibt ja seit Jahren Tagebuch und meine Eltern neigen idiotischerweise dazu, von ihr auf mich zu schließen. Dabei ist das, was Malve dazu bringt, Tagebuch zu schreiben, genau das, was mich von ihr unterscheidet. Meine liebe Schwester beschäftigt sich nämlich den ganzen Tag mit sich selbst – und zwar so, dass jeder um sie herum es mitbekommt, ob er will oder nicht. Seht her, Malve Weill, achtzehn, Mittelpunkt der Welt! Schön, schlau, unvergleichlich. Wie praktisch ist da doch ein Tagebuch, in dem auch noch alles festgehalten wird, was Malve Weill macht und Malve Weill denkt und Malve Weill fühlt. Die Nachwelt wird sich darauf stürzen!

Ich selbst finde Tagebuchschreiben so ziemlich das Uninteressanteste, was es gibt, aber ich bin natürlich auch nur

Magali Weill. Reicht mir schon, jeden Morgen aufzuwachen und immer dieselbe zu sein, ich, ich und nochmals ich:
* mit all den komischen Gedanken, die mir beim Aufwachen als Erstes in den Kopf schießen (Was wäre wenn?, Wie würde ich dies?, Wann würde ich das? und: Werden Cara, Aurelia und Kimberley mich heute beachten oder werde ich in der Pause wieder mal allein rumstehen?)
* mit den immer gleichen Tagesabläufen (Schule, Hausaufgaben, bisschen Klavierüben, bisschen Rausgehen, Schlafen) und
* mit meinen leider viel zu langen Beinen.

Da muss ich nicht auch noch tagein, tagaus in einem Tagebuch über mich berichten.

Aber dann hab ich eben gesehen, wie Joël Hummel sich am Handgelenk über den Hinterhof zog, und ich dachte, er selbst wird das vielleicht nicht aufschreiben. Also wie er an diesem sonnigen Freitagnachmittag Ende März aufgebrochen ist, um ein Mädchen zu küssen (ich schätze, so ein zierliches, niedliches), während ich, gerade von meiner Klavierstunde zurück, mein Fahrrad abschloss und seine Zeugin wurde. Vielleicht wird es nicht mal das Mädchen notieren, selbst wenn Joëls Kuss der erste in seinem Leben war. Es wird wahrscheinlich nur eine Weile daran denken und dann einen anderen Jungen küssen und noch einen anderen und Joël Hummels Kuss irgendwann vergessen. Niedliche Mädchen müssen sich über das Geküsstwerden ja keine großartigen Gedanken machen.

Dabei ist es bestimmt unbeschreiblich, seinen ersten Kuss von Joël zu bekommen! Er hat einen schönen Mund in einem schönen Gesicht, er ist sechzehn und noch dazu ein halber Franzose. Außerdem ist er schätzungsweise 1,86, das würde sogar für mich genügen. Jedenfalls noch eine kleine Weile, sechs, sieben Zentimeter bleiben mir bis zum kritischen Punkt, der eigentlich schon viel zu hoch ist für ein Mädchen. Aber was soll ich sagen, meine Zielgröße wird zwischen 1,89 und 1,92 geschätzt (was es in unserer Familie noch nie gegeben hat), und spätestens dann wird es zu spät sein. Denn wer will schon den Jungen, der einem seinen ersten Kuss schenkt, überragen wie ein Fahnenmast? Also hat man bereits mit dreizehn voll den Stress, was diese Dinge betrifft, während andere Leute ihr Leben genießen. (Oder man bleibt eben für immer ungeküsst, was auch keine echte Alternative ist.)

Aber ich will ja nicht über mich schreiben, sondern über Joël und die Zierliche, die bis zu ihrem achtzehnten Geburtstag zwanzig oder dreißig Jungen küssen wird, genau wie Joël zwanzig oder dreißig Mädchen küssen wird, und überhaupt über all diejenigen, die interessante Dinge tun, ohne dafür zu sorgen, dass die Nachwelt davon lesen kann. Ein Tagebuch von allen anderen ist nicht unsinnig. Und irgendjemand muss ja festhalten, was in der Welt so passiert. Die echten Dinge. Die einen umhauen. Auch wenn es nicht die eigenen sind.

Als ich im Treppenhaus an der Wohnungstür der Siemerdings vorbeikam, brüllten dahinter mindestens zwei der drei?, vier?, fünf?, sechs?, sieben? Kinder. Ich hörte dem Wahnsinn ein bisschen zu und nahm mir gerade vor, mir heute noch Snow auszuleihen, da kam mir Herr Krekeler entgegen, *Albert R. Krekeler*, wie es auf seinem Klingelschild steht.

Ich hab schon oft überlegt, wie er es macht, dass er sogar in seinem dunkelblauen Jogginganzug schick aussieht. Wirklich schick und kein bisschen seltsam, weil er 98 ist und ihn tatsächlich trägt, um *laufen* zu gehen (zwar eher in Zeitlupe, aber sehr viel ausdauernder, als es zum Beispiel Papa mit seiner Plauze und seiner Raucherlunge könnte – da nützt es ihm auch gar nichts, dass er fast fünfzig Jahre jünger ist und außerdem einen Dr. med. besitzt). Ich glaube, es liegt daran, wie Herr Krekeler geht, immer aufrecht und leicht federnd, und daran, dass der Jogginganzug an ihm sitzt, als wäre er maßgeschneidert. Also ohne das übliche Geschlabber, sondern eher straff – der Smoking unter den Jogginganzügen.

Herr Krekeler mag es offenbar, wenn etwas schön ist, nicht nur die Dinge, mit denen er sich umgibt (der Schornsteinfeger hat bei der letzten Gasthermenwartung erzählt, dass seine Wohnung von oben bis unten mit Büchern und Gemälden vollgestopft ist), sondern auch, was sein Äußeres betrifft. Er ist aber tatsächlich auffällig gut aussehend für einen 98-Jährigen, finde ich.

»Guten Tag, Magali«, sagte er und ich zuckte ein bisschen zusammen.

»Guten Tag, xy«, so sagt er immer, wenn er jemandem begegnet, und zwar auf eine Art, die verrät, dass er wirklich sieht, mit wem er es zu tun hat. Die meisten Leute gehen ja einfach an einem vorbei (siehe Joël Hummel). Selbst wenn sie grüßen, heißt das noch lange nicht, dass sie einen wahrgenommen haben. Vielleicht sehen sie einen aus den Augenwinkeln, aber spätestens nach dreißig Sekunden wissen sie nichts mehr davon. Was durchaus Vorteile hat, vor allem, wenn man gerade nicht gesehen werden *will,* aus Längengründen oder ähnlichem. Aber eben auch Nachteile, denn ganz ohne Gesehenwerden passiert nicht viel.

Herr Krekeler jedoch sieht einen, ob es einem passt oder nicht, und er sieht einen so gründlich, dass man sich regelrecht ertappt fühlt. Vor allem, wenn man vorher eine Spur zu lang auf dem Treppenabsatz der Siemerdings angehalten und gelauscht hat.

Ich tat so, als wäre ich bloß stehen geblieben, um in der Jackentasche nach meinem Schlüssel zu suchen und hätte ihn nun gefunden.

»Hallo, Herr Krekeler«, sagte ich und wollte mich schnell an ihm vorbeischieben, aber jetzt blieb *er* direkt vor mir auf dem Treppenabsatz stehen, rückte die Panoramascheibe seiner Sportbrille zurecht und betrachtete mich. Was bedeutet, dass er an mir hochguckte, denn so gut aussehend er für sein Alter auch ist, er ist schon reichlich zusammengeschrumpft. Nur seine Ohren werden größer und größer.

Schließlich sagte er: »Der Husky muss mal wieder einiges über sich ergehen lassen, nicht wahr?«, und das hat mich, obwohl mir die Situation peinlich war, ganz schön geflasht.

Ich meine, von Snow war in dem Moment nichts zu hören, sondern nur von den plärrenden Kindern. Also wusste er anscheinend, dass ich mich, was die Siemerdings betrifft, ausschließlich für Snow interessiere (der Rest der Familie ist nervig und sterbenslangweilig), und er hielt das Befinden dieses alten Huskys sogar für wichtig genug, um mich darauf anzusprechen. Und das, obwohl unsere Gespräche normalerweise nie über »Guten Tag, Magali« – »Hallo, Herr Krekeler« hinausgehen.

Ich: »Genau. Der würde jetzt bestimmt auch gerne laufen gehen.«

Und Herr Krekeler: »Möglich.« Er wandte nachdenklich den Blick ab. Machte mir dann in einer einzigen Bewegung Platz und ich einen Schritt an ihm vorbei. Aber als ich schon zwei, drei Stufen hochgegangen war, merkte ich, dass er doch noch etwas sagen wollte, und drehte mich um. Und tatsächlich, sein Blick war wieder auf mich gerichtet.

»Möglicherweise müsste der alte Wolf sich allerdings genauso dazu zwingen wie ich«, sagte er und kicherte ein bisschen in sich hinein, bevor er die Hand zum Gruß hob und nun wirklich weiter die Treppe hinunterfederte.

Es sah eigentlich nicht so aus, als würde er sich zu irgendwas zwingen, aber was weiß ich. Der Mann ist 98.

Drei Etagen höher, in unserer Wohnung, legte ich meine Klaviernoten weg (es war die letzte Stunde vor den Osterferien gewesen und in den nächsten zwei Wochen hab ich nicht vor zu üben) und zog mir andere Schuhe an.

In der Küche gab es gerade mal wieder Streit zwischen Mama und Malve beziehungsweise eine *Diskussion*, wie es in unserer Familie heißt, und da auch Mama seit heute Mittag Ferien hat (»Von Ferien kann keine Rede sein, ich muss zwei Klausuren korrigieren!«), ist wohl damit zu rechnen, dass es in nächster Zeit noch mehr davon geben wird als normalerweise. Mama hatte diese Stimme, die immer schriller wird, wenn sie versucht, sachlich zu klingen. Sie räumte scheppernd den Geschirrspüler aus, Malve hatte sich gerade am Esstisch die Fuß- und Fingernägel lackiert und war dadurch vorübergehend bewegungsunfähig. Nur sprechen konnte sie völlig uneingeschränkt. Soweit ich es verstehen konnte, ging es um ihre Abiturvorbereitung, jedenfalls handelten Mamas *Diskussionsbeiträge* davon und die meiner Schwester von irgendeinem Studenten (»Viertes Semester!«), der mit ihr für eine Woche zu einem buddhistischen Meditationsfestival fahren möchte. Es war schwer zu entscheiden, wer von beiden mehr Bullshit redete. Vielleicht gab es eine leichte Tendenz zu Malve, aber Mama legte sich auch ganz schön ins Zeug. Zu allem Unglück stank es nach Räucherstäbchen, mit denen Malve ihre plötzliche spirituelle Ader betonen will, und ich machte, dass ich gleich wieder wegkam.

Snow!

Man muss sich das vorstellen. Ein Mann und eine Frau heiraten. (Die Siemerdings.) Sie versuchen, ein Kind zu kriegen, aber es kommt keins. Sie warten und hoffen, probieren und verzweifeln und schaffen sich schließlich anstelle des gewünschten Babys einen Hund an. Nicht irgendeinen Hund, nein, einen *Husky*, an dem sie sich so richtig austoben können. Jeden Tag nach der Arbeit gehen der Mann und die Frau weite Strecken mit ihm spazieren, sie fahren regelmäßig mit ihm in den Winterurlaub und lassen ihn durch den Tiefschnee tollen, sie bürsten liebevoll sein dichtes Fell und entsorgen Tonnen von Hundehaaren. Kurz: Der Husky lebt zwar nicht gerade in Sibirien und auch nicht in Lappland, er lebt nicht im Rudel, sein Wolfsgeheul wird von niemandem erwidert (schon gar nicht von einer hübschen, blauäugigen Husky-Lady) und seine unfassbaren Arbeits- und Rennkräfte laufen ins Leere, aber er hat es trotzdem ziemlich gut für ein Haustier – und zwar mehr als sechs Jahre lang.

Doch dann passiert es. Das langersehnte Kind ist unterwegs. Und dann das nächste. Eins nach dem anderen, sodass man den Überblick verliert, Zwillinge sind auch dabei. Und mit jedem Kind wird es um den Husky herum lauter und wuseliger. Die freie Zeit für ihn wird immer weniger, spätestens bei Kind Nummer drei bleibt nichts mehr davon übrig, und bei Kind Nummer vier ist er allen nur noch *im Weg*, danach: ein Klotz am Bein. Der Husky begreift die Welt nicht mehr. Er liegt, gepikt von Playmo-Männchen und Legosteinen, in einer Ecke der viel zu warmen Wohnung herum, er wird träge und dick. Wenn er heult, wird er angemeckert, weil schon genug Kinder heulen, hat er seinen Fellwechsel, fluchen die Siemerdings über das Allergierisiko wegen der Hundehaare und wenn es einmal im Jahr draußen schneit, bleibt er an der Leine und muss zusehen, wie die älteren der Siemerding-Kinder auf ihren Plastikschlitten den Winzhügel in der Eilenriede runterrutschen.

Ein solcher Hund hat ein richtiges Schicksal zu tragen. Er braucht Hoffnung auf etwas, das die endlose Langeweile unterbricht. Selbst ein Mensch könnte dieses Grauen kaum aushalten, dabei hätte der zumindest die Möglichkeit, sich in Gedanken wegzubeamen – jede halbwegs intelligente Person trainiert das im Schulunterricht. Snow aber kann bestenfalls vor lauter Nichtstun eindösen, vielleicht mal kurz im Traum durch stiebenden Schnee rennen, doch dann fängt garantiert gleich neben ihm ein Siemerding-Kind an zu krakeelen und er wird gnadenlos zurück in die Realität befördert.

Er braucht also Hoffnung. Und sei es nur auf unregelmäßige Stadtspaziergänge mit einem zu groß geratenen Nachbarsmädchen an zu warmen Frühlingsnachmittagen. Viel ist das nicht.

———

Abends schrieb Malve fünf Minuten vor dem Essen, dass sie noch mit Mister Meditation unterwegs sei und sich was auf die Hand hole, was Mama und Papa in schlechte Laune versetzte, obwohl sie sich Mühe gaben, es vor mir zu verbergen.

Mama hatte ziemlich aufwendig gekocht, Tempura, die angeblich gesund sind, obwohl frittiert. Sie hatte einen Strauß Tulpen auf den Küchentisch gestellt (oder *Esszimmertisch*, wie sie gerne sagt, obwohl es bei uns nur eine Küche gibt, die gleich ins Wohnzimmer übergeht), Papa hatte eine Flasche Weißwein geöffnet und sich ordentlich eingeschenkt, und ich nehme an, sie hatten happy family im Sinn.

Meine Eltern sind nämlich der Ansicht, in die Familie Weill geboren zu sein, wäre ein Glücksfall. Einerseits weil Malve und ich bildungsmäßig bekommen, *wovon andere Kinder nur träumen können*. Heißt: Wir gehen aufs Gymnasium, sogar auf eins mit gutem Ruf, was auch immer das heißen mag, wir haben die »GEO« und »Spektrum der Wissenschaft« im Abo und bekommen Musikunterricht. Und damit wir nicht ständig aufs Handy glotzen und alles in der Wikipedia nachgucken, steht in unserem Wohnzimmer die letzte vollständige Papierversion der Encyclopædia Britannica: Dreißig Bände plus zwei Registerbände, 75.000 Artikel. (Ich gucke trotzdem in die Wikipedia. Ob Malve irgendwas nachguckt, weiß man nicht.)

Andererseits weil Mama und Papa sich für *bewusste Elternschaft* interessieren. Was unterm Strich bedeutet, dass sie sich für gute oder vielmehr bessere Eltern halten, die sich viele Gedanken darüber machen, was ihre Kinder brauchen, und entsprechende Entscheidungen für sie treffen. Auch mein Zimmer ist Ergebnis der bewussten Elternschaft. Es hat, seit ich denken kann, pastellfarbene Wände (genau derselbe lindgrüne Ton wie in Papas Praxis), die sich irgendwie harmonisierend auf mich auswirken sollen. Als ich geboren wurde, hatten Mama und Papa ja schon fünf Jahre lang Elternsein geübt, in voller Härte, wie man wohl sagen muss, und mit einigen Misserfolgen, und wollten bei mir gleich alles perfekt machen. Bei der Wandfarbe angefangen. Zwar kann ich dadurch kein einziges Bild aufhängen, ohne dass es total beknackt aussieht, aber bitte schön: Ich bin ein sehr harmonisches Kind, von meiner unharmonischen Körpergröße mal abgesehen.

Also, wir saßen beim Essen und Mama und Papa versuchten, ihre schlechte Laune zu unterdrücken, landeten aber schließlich doch in einem Gespräch über Malve. Wie eigentlich immer. Es ist einfach das Thema, über das sie sich am besten unterhalten können. Vermutlich sogar das einzige.

»Bei diesem Potenzial!«, sagte Mama mit einem Seufzer. »Sie könnte im Abitur alles erreichen, was sie will, und dann verplempert sie ihre Zeit mit diesem unmöglichen – wie heißt er noch gleich? Ich komm da gar nicht mehr hinterher!«

Und der dazugehörige Stoßseufzer von Papa: »Malve stand sich immer schon selbst im Weg.«

Irgendwie taten sie mir leid, darum verkniff ich mir zu sagen, dass sie Malves Potenzial vielleicht geringfügig überschätzen. Ich sagte auch nicht, dass meine Schwester gar nichts erreichen *will*, abgesehen davon, sämtliche Blicke auf sich zu ziehen, insbesondere Jungenblicke (wobei sie sich nicht im Geringsten im Weg steht), sondern aß nur meine fettigen Tempura. Es muss hart für Eltern sein, wenn sich herausstellt, dass ihre erstgeborene Tochter nicht halb so großartig ist, wie sie immer gedacht haben. Und die zweitgeborene ist ja auch keine, die man voller Stolz vorzeigt.

»Und was hast du heute gemacht?«, fragte Papa mich auch erst, als ihm zu Malve nichts mehr einfiel.

Ich zuckte mit den Schultern. Dachte an Joël und das Mädchen, dachte an Herrn Krekeler, der sich zum Joggen zwingen musste (vielleicht), dachte an Snow, der mich am Mittellandkanal acht Kilometer auf dem Fahrrad gezogen hatte, mit einer Pause nach der Hälfte, während der wir zusammen am Ufer saßen und ich ihm als Gegengabe Geschichten ins spitze linke Ohr flüsterte und dabei die unfassbar weiche Stelle unter seiner Schnauze kraulte, und wusste gleichzeitig, dass Mama und Papa mit all dem nichts würden anfangen können. Ich wünschte, es wäre anders, aber meine Eltern sind, was manche Dinge betrifft – also für die haben sie einfach keinen Sinn.

Beispiel: Papa beguckt sich von morgens bis abends Hälse und Knie und Hautausschläge und belegte Zungen und weiß alles über Anatomie und Physiologie, hat aber keine Ahnung, was es eigentlich heißt, einen *Körper* zu haben. Seinen eigenen schiebt er jedenfalls durch die Gegend wie einen komischen Gegenstand, der nichts mit Dr. Andreas Weill zu tun hat, geschweige denn Dr. Andreas Weill *ist*.

Genauso wie Studienrätin Kristin Weill mit all ihren Oberstufenkursen Senecas »De vita beata« übersetzt, »Vom glücklichen Leben« also, und auch zu Hause immer wieder damit ankommt (ungefragt!), aber sofort ausweicht, wenn man sich erkundigt, wie denn ein glückliches Leben überhaupt *gehe* – hier und heute, meine ich. Sie erzählt nur irgendwas von Tugend und Vernunft und Ruhe, »weil das Gute jeglichen Anfang in der Tugend hat/quia omne bonis irgendwas«, aber was man tun muss, um all das zu erreichen, zum Beispiel wenn man mit Malve Weill in einem Haushalt lebt, dazu sagt sie nicht viel. Vermutlich hat dieser Seneca sich auch nicht dazu geäußert, wie man ein glückliches Leben führen kann, wenn man einen Kopf größer als alle anderen ist und einen niemals jemand küssen will.

Wie auch immer, ich erzählte meinen Eltern nichts von dem Bemerkenswerten oder auch nur davon, dass ich ihr Goldschnitttagebuch nun doch nutze, bloß anders. »Ich hatte Klavierunterricht«, sagte ich stattdessen.

Papa fragte nach, wie es gelaufen war (ganz gut, wie immer), und Mama, ob ich über die Ferien ein neues Stück aufbekommen hätte (nein, nur eine neue Etüde, die ich aber nicht erwähnte), und damit war auch dieses Thema durch.

Papa nahm sich einen ganzen Berg Udon-Nudeln nach, Mama schwenkte ihren Wein (macht man das eigentlich bei Weißwein?) und starrte dabei in ihr Glas, wobei sie für einen Moment nicht auf ihre Miene aufpasste, die ihr sofort wegrutschte. Ich aß noch eine Garnele und einen Shiitakepilz, bedankte mich fürs Abendessen und ging dann in mein pastellfarbenes Zimmer, um auch noch dies festzuhalten. Dreizehn Seiten an einem einzigen Tag. Und vermutlich könnten es noch mehr sein. Denn wenn man einmal angefangen hat, sich die Menschen genauer anzusehen, ist fast alles, was man dabei entdeckt, auf irgendeine Art bemerkenswert.

Sa., 30.03.

Gerade aufgewacht von einem Streit im Hinterhaus. Joël Hummel und Claire, seine Mutter. Lautstärketechnisch nehmen sie sich nichts.
 (...?) rien de (...?) à faire!
 (...?) totalement perdu la (...?)!
 (...?) une insulte!
 (...?) conard!
 (...?) la dernière fois!
 (...?) esprit dérangé!
 (...?) merdique!
 (...?) va te faire foutre!
 (...?) te (...?) à la porte!
 (...?)
 (...?)
 Lachen!
Das passiert ungefähr einmal in der Woche, und in der Schule hab ich in letzter Zeit echt in Französisch rangeklotzt, um zu verstehen, worum es bei dem Gebrüll geht. Mit dem DeepL-Übersetzer am Start verstehe ich inzwischen auch das eine oder andere Wort, aber nie einen Zusammenhang. Vielleicht geht es ja einfach nur darum, sich gegenseitig zu beleidigen. Und danach wieder zu vertragen.

Wenn Joël Hummel mich küsst, muss das an einem Ort geschehen, an dem niemand damit rechnen würde. Kein romantischer Ort, sondern ein alltäglicher.

An einem romantischen Ort geküsst zu werden (Wasserfall, Meer bei Sonnenuntergang, rosenumrankte Gartenlaube), hat, glaub ich, weniger mit einem persönlich zu tun als mit dem Hintergrund, vor dem einfach etwas Romantisches passieren *muss*. Da würde man sich doch hinterher sein ganzes Leben lang fragen, wer nun eigentlich geküsst wurde, man selbst oder das Rauschen, der Sommerabend, der Blütenduft, das Gefühl, in ein schönes Bild gestiegen zu sein.

Damit es wirklich mein Kuss wird, müsste Joël es an einem Ort tun, der alles andere als ein Küss-Ort ist. Ein unscheinbarer, am besten sogar hässlicher Ort, sozusagen eine graue Kulisse, vor dem die Menschen an sich zu erkennen sind (also er und ich).

Zum Beispiel auf der Kellertreppe. Ich schleppe mein Fahrrad runter, weil es draußen in Strömen regnet. Alles an mir tropft und trieft, meine Haare hängen klatschnass runter, die Jeans ist durchweicht, mir ist kalt wie sonstwas. Was ich nicht weiß: Joël hat mich von seinem Hinterhausfenster aus gesehen. Er hat aufgemerkt und die langweilige Hausaufgabe, über der er gerade gesessen hat, liegen lassen, Geschichte vielleicht oder Erdkunde, weil ihm ein Gedanke gekommen ist. Nun beobachtet er, wie ich mich abmühe, hört sogar (Das Fenster ist gekippt!), wie ich leise vor mich hin schimpfe, während ich die Treppenstufen runterwanke. Dann verschwinde ich rechts im Kellergang, und während ich das Fahrrad verstaue, schlüpft er in seine Schuhe und dann raus aus der Erdgeschosswohnung. Als er seinen Fuß in den Hof setzt, wird er selbst ein bisschen nass, aber er läuft ohne zu zögern weiter zur Kellertür, und als ich wieder unten am Treppenabsatz ankomme, steht er mitten auf der Treppe, die Hände lässig in die Hosentaschen gesteckt.

Natürlich weiß ich nicht, was er vorhat. Ich denke auch nicht groß darüber nach, das Einzige, was ich in diesem Augenblick im Sinn hab, ist, in die Wohnung zu kommen und mir was Trockenes anzuziehen. Also stapfe ich die Stufen hoch, es ist zwar irritierend, dass er da so im Weg steht, aber ich lasse mich nicht abhalten.

Er lässt mich allerdings nicht durch, sondern bleibt, wo er ist, und da, auf einmal, sehe ich ihn richtig: sehe sein Gesicht, das lächelt, obwohl sein Mund sich keinen Millimeter bewegt, sehe seinen Blick, hinter dem sich irgendwas verbirgt. Eine Idee, eine geheimnisvolle Entschlossenheit.

Langsam gehe ich weiter, eine Stufe und noch eine, und erst als ich direkt unter ihm stehe, macht er einen halben Schritt zur Seite. Zögerlich steige ich noch eine Stufe höher, auf dieselbe, auf der er steht, aber unsere Schultern passen noch immer nicht aneinander vorbei, ohne dass jemand ausweicht, und ein Fuß bleibt in der Luft.

Ich gucke ihn an, gucke an seinen 1,86 hoch, und er guckt zurück. Zieht dabei die Hand aus der Hosentasche, fährt sich auf diese spezielle Joël-Art damit durchs Haar, in dem sich winzige Wassertröpfchen verfangen haben.

Ich bibbere. Vor Kälte. Und auch sonst.

Dann macht er es einfach, zieht mich an sich heran, ganz frontal, sein Gesicht dicht vor meinem. Ich bin blind vor lauter Nähe, kann ihn nicht mehr scharf stellen, erahne nur seine Züge, rieche seine feuchten Haare, die sich ein bisschen locken, spüre seine Nase, die meine wie zufällig berührt. Im nächsten Moment legt sich sein Mund auf meine eiskalten Lippen, er küsst sie ganz sanft und fast beiläufig, bevor er mich endlich vorbeilässt und ich nach oben laufe, um mich umzuziehen.

So könnte es sein. Oder ganz anders, zum Beispiel –

Nein, ich kann nicht weiter darüber nachdenken, ich muss endlich aufstehen, es ist Viertel vor zehn und mein Magen knurrt wie verrückt. Hungry for something. Affamée de quelque chose.

Die Tulpen auf dem Esstisch sind über Nacht mindestens fünf Zentimeter in die Höhe geschossen. Während ich mein Müsli löffelte, musste ich sie die ganze Zeit angucken. Wie sie aus ihrer Vase ragten: wie in zu klein gewordenen Hosen, die Hälse verdreht, als wüssten sie nicht recht, wohin mit sich, und jede Einzelne irgendwie verloren, obwohl es ja zehn sind. Jedenfalls brauchten sie gute Gedanken und ich schickte ihnen welche.

Dann schleppte Malve ihre hübschen, aber noch müden 1,74 in Slip und Schlafshirt in die Küche, nuschelte einen Gruß, und das änderte die Lage, vom stillen Blumengespräch hin zur üblichen Leier. Kaum hatte sie nämlich den Kaffeevollautomaten angeschmissen und der hatte begonnen, vor sich hin zu zischen, kam auch Mama vom Arbeitszimmer angelaufen.

»Wie lang warst du gestern Abend eigentlich unterwegs, ich hab mir echt Gedanken gemacht!«, rief sie, noch ehe sie irgendjemandem Guten Morgen gewünscht hatte. Das schob sie erst mit kurzer Verzögerung in meine Richtung gewandt hinterher.

Und dann ging es wieder los. Es war natürlich nicht damit getan, dass Malve sie daran erinnerte, sie sei achtzehn und könne nach Hause kommen, wann sie wolle. Nein, meine Schwester machte ein Riesending aus diesem morgendlichen Verhör – man konnte fast glauben, sie hätte nur auf die Gelegenheit gewartet. Ihre Sprache war auch auf einen Schlag ganz deutlich, dabei wurde ihr Kaffee gerade erst fertig und sie hatte noch nicht mal den Milchschaum abgeschlürft.

Ob Mama eigentlich klar wäre, dass sie quasi *gezwungen* sei, sich ständig woanders aufzuhalten, da man in diesen Haushalt ja nie spontan Leute mitbringen könne, ohne dass das irgendwelche Beschwerden nach sich ziehe. Und dass es übrigens ein beschissener Abend gewesen sei, weil genau dieses Abhängen woanders dazu geführt habe, dass sie und Torben (Mister Meditation?) unerwartet auf Maxim (Mister Ex oder Exex?) gestoßen seien, was Torben ziemlich uncool fand. Und zwar weil Malve sich eine Weile mit Maxim unterhalten und dabei ein paar Mal auf eine Art gelacht habe, die Torben völlig falsch interpretiert habe, *aber so was von falsch*, und ob Mama eine Ahnung habe, was sie jetzt für einen Stress am Hacken hätte und so weiter und so fort.

Jedenfalls fing gleich wieder eine *Diskussion* an, die nach einem kurzen Ausflug über Seneca (»Niemand irrt nur für sich allein/Nemo sibi und so weiter«) sehr bald wieder bei Malves Abi und dem Festival landete, das sie nicht besuchen soll, was, so meine Schwester, weitere Probleme mit Torben nach sich ziehe, und ich beeilte mich, mein Schälchen leer zu löffeln.

»Ich geh ein bisschen raus«, sagte ich dann, aber niemand reagierte, weil Malve gerade irgendwas über geistige Übungen verkündete, die sich auf ihr Abi hundertmal positiver auswirken würden als krampfiges Lernen.

Ich wartete nicht weiter. Nur noch ein paar Blumengedanken in Richtung Vase (die Tulpen wanden sich, als wollten sie mir folgen) und zack, weg.

Fürs Erste setzte ich mich auf die Kellertreppe und schrieb. Ich saß dort ziemlich lang. Es passierten keine interessanten Dinge, allerdings regnete es auch nicht.

Dann klingelte ich bei den Siemerdings, aber auch dort war nichts zu holen. In der Wohnung war es verdächtig still und als Herr Siemerding mir öffnete, erfuhr ich, dass seine Frau mit Kind und Kegel (heißt: vollständiger Kinderschar *und* Snow) zu ihrer Schwester gefahren war und erst heute Abend wiederkommt. Herr Siemerding sagte es mir nicht unglücklich. Er sagte es mir sogar gut gelaunt, beinahe *zu* gut, und mir schoss durch den Kopf, dass sich in diesem langweiligen Mann eventuell doch ganz spannende Abgründe verbergen könnten. Nur Snow tat mir leid und ein bisschen auch meine Hände, die sich heute kein einziges Mal in sein dichtes, warmes Fell graben dürfen.

Ich ging noch mal in den Hof, wo ich zur Tarnung ein bisschen an meinem Fahrrad rumfummelte und endlich mal wieder die Reifen aufpumpte (die es tatsächlich nötig hatten), aber dann kam Claire Hummel mit einem Eimer voller bunter Kreiden aus dem Hinterhaus und hockte sich mit einem »Na?« in fünf Metern Entfernung neben mich – und das wurde mir dann doch zu heikel. Obwohl Claire ja zu den interessanteren Menschen gehört, nicht nur, weil sie Joëls Mutter ist und echt gut schimpfen kann, sondern weil sie Mumm hat. Sie tanzt bei offenen Gardinen in ihrer Wohnung, ganz egal, ob jemand reingucken kann oder nicht. Manchmal (wie heute) malt sie Kreidebilder in den Hof oder auf den Bürgersteig, und sie hat als Einzige nicht unterschrieben, als die Hausgemeinschaft der Treppenhausreinigung, die zwar manchmal einen Tag zu spät geputzt, dafür aber auch nie was gesagt hat, wenn man mit seinen dreckigen Schuhen über die frisch gewichsten Stufen gelatscht ist, wegen allgemeiner Unzufriedenheit gekündigt hat. Aber neben ihr am Fahrrad basteln und mich dabei mit ihr unterhalten wollte ich dann doch nicht, zumal es bei meinem Rad ja überhaupt nichts zu basteln gab und mir vom ganzen gebückten Tarnungsgefummel schon der Rücken wehtat. Also grüßte ich nur, klemmte die Luftpumpe wieder an der Stange fest, und weil ich keine Lust hatte, ohne Snow rauszugehen, nahm ich das Tagebuch aus dem Fahrradkorb und lief zurück nach oben, wo glücklicherweise jeder in seinem Zimmer hockte und seinem eigenen Kram nachging.

Am Nachmittag fiel mir plötzlich Herr Krekeler ein. Es war bald Zeit für seine Joggingrunde und ich wollte wirklich wissen, wie gezwungen oder ungezwungen er beim Aufbruch wirken würde, wenn er glaubt, dass niemand ihn sieht. Also drückte ich mich anderthalb Treppen über seiner Etage herum, gleich unterhalb der Wohnung von Carolin und Oliver.

Es war ein guter Beobachtungsposten. Carolin und Oliver machen beide irgendwas mit Medien und sind nie zu Hause, jedenfalls tagsüber, und wenn sie einmal von der Arbeit zurück sind, kommen sie auch nicht mehr aus ihrer Wohnung gekrochen. Ich konnte wunderbar übers Geländer zu Herrn Krekelers Tür runterspähen und wenn er mich entdeckte, würde es so aussehen, als käme ich zufällig gerade die Treppe runter. Beziehungsweise: Wenn er mich entdeckt *hätte*. Er verließ aber seine Wohnung nicht.

Ich wartete noch eine ganze Weile. Kein Herr Krekeler, kein »Guten Tag, Magali«.

Zuletzt holte ich mein Fahrrad aus dem Hof (auf dem Asphalt in Kreide: ein Weiblichkeitszeichen mit Faust in der Mitte, die Fingernägel flammend rot, der Außenring ein

Feuerkreisel) und kurvte ein bisschen durch die Eilenriede. Nur für den Fall, dass er eher als gewöhnlich aufgebrochen war und ich ihn verpasst hatte. Ich fuhr alle Wege im Umkreis ab und hielt überall Ausschau nach einem dunkelblauen Jogginganzug.

Herr Krekeler war nicht da.

Die Sonne schien, es war mild wie noch an keinem Tag in diesem Jahr, aber er hatte sich nicht zum Laufen gezwungen!

Mit klopfendem Herzen fuhr ich zurück.

Manchmal, in seltenen Fällen, ist ein Ereignis fast noch interessanter, wenn es *nicht* stattfindet. Auf alle Fälle muss ich die Sache im Auge behalten.

So., 31.03.

Ich wachte davon auf, dass Snow im Treppenhaus bellte, erst kläffend, dann verfiel er in sein schönstes Wolfsgeheul, und innerhalb von Sekunden war ich auf den Beinen. Noch ehe meine Gedanken es wussten, sagte mir mein Körper, dass ich Sehnsucht nach ihm hatte, schon regelrecht auf Streichelentzug war, also nahm ich eine Blitzdusche, zog mich an, warf ein eiliges Frühstück ein (Malve noch am Schlafen, Küche leer!), sagte Mama, die über ihren Klausuren saß, Bescheid und düste los.

»Also, eigentlich war ich vorhin schon mit ihm – wie man vermutlich gehört hat«, sagte Frau Siemerding, aber im selben Moment kam Snow fast unnatürlich energetisch aus dem Wohnzimmer geschossen, quetschte sich an ihr vorbei ins Treppenhaus, wedelte wie verrückt mit dem Schwanz und blickte mich mit seinen eisblauen Augen erwartungsvoll an. Offenbar war er ebenfalls auf Entzug.

Frau Siemerding dazu: »Na ja, wir konnten nicht allzu lange draußen bleiben.« Ihre Stimme klang halb dankbar, halb eifersüchtig. Auch sie hat wohl ihre Abgründe.

Sie setzte noch mal an zu sprechen, dann aber passierte irgendwas im Kinderzimmer (wenn man es so nennen kann), jedenfalls gab es einen Krach, unmittelbar gefolgt von einem mehrstimmigen Kreischen, und sie drückte mir nur noch schnell die Leine in die Hand. Im nächsten Moment stand ich vor der verschlossenen Wohnungstür und hatte Snow für mich allein.

Ehrlicherweise muss ich sagen: Sein Fell ist nicht das Allerweichste, das ich kenne. Das Allerweichste ist das Gefieder von Pelikanen – im Zoo kann man ihr Gehege betreten und manchmal lassen sie sich streicheln. Aber diese gewisse Stelle unter Snows Schnauze, dort, wo der Unterkiefer in den Hals übergeht und sein Pelz so weiß ist wie nutaryuq (Neuschnee), ist definitiv das Zweitweichste – und vor allem *mag* Snow es, dort gekrault zu werden. (Die Pelikane sind immer gestresst und mindestens passiv-aggressiv.) Ich hockte mich hin, um ihn angemessen zu begrüßen, und er begrüßte mich. Wenn ein Hund dich gernhat, will er dir nur eins signalisieren, nämlich: Ich hab dich gern! Im Gegensatz zu einem Menschen, der vielleicht denkt: ›Ich mag dich zwar, aber ich weiß nicht, ob ich dir das zeigen darf, denn wer weiß, was du dann denkst, also bin ich lieber mal vorsichtig.‹ Snow war nicht im Geringsten vorsichtig – und ich auch nicht. Er ist nun mal kein anderer Mensch, der doofe Sachen über mich denken könnte, zum Beispiel: ›Was will diese Bohnenstange von mir?‹ oder: ›Hat sie keinen anderen, mit dem sie ihre Zeit verbringen könnte?‹, und so vergingen mehrere flauschige, fiepende, zungennasse Minuten, bis ich ihn anleinte und wir endlich loskamen.

Weit kamen wir fürs Erste übrigens nicht. Nach ungefähr anderthalb Schritten blieb Snow, eine Vorderpfote erhoben, wieder stehen und stellte die Ohren noch ein bisschen steiler auf, als sie ohnehin schon sind. Er wurde unruhig und richtete schnuppernd den Kopf nach oben.

»Was ist los?«, fragte ich.

Snow gab ein kurzes Kläffen von sich. Zu heulen traute er sich heute wohl nicht noch mal, wahrscheinlich war er vorhin angemeckert worden, oder er wollte einfach weiterlauschen und herausfinden, was über unseren Köpfen vor sich ging.

Und da hörte sogar ich es. In Herrn Krekelers Etage war irgendwas los. Ich meine, etwas, das sonst nicht dort los ist. Es klang nach Leuten.

―

Den Jungen traf ich später am Vormittag. Genauer gesagt hing er im Hauseingang rum, als ich mit Snow zurückkam. Er saß mit einem Buch auf der vorletzten Treppenstufe, klappte es aber, kaum dass ich die Tür aufzog, zu und sprang uns mit einem »Wir kennen uns!« entgegen, worauf Snow in lautes Bellen verfiel. Ich war zu Tode erschrocken. Er erinnerte mich irgendwie an das Rumpelstilzchen (1,53 maximal und überaus wuselig), aber sonst an niemanden.

Ich also: »Tun wir das?«

Ich hätte mich auch erkundigen können, ob das eine Art Enkeltrick sei: wildfremden Leuten auflauern und sie mit einer Wir-kennen-uns-Tour überfallen. Aber ich tat es nicht. Erstens war ich damit beschäftigt, Snow zu beruhigen, und zweitens fiel mir diese Alternative erst zehn oder zwanzig Sekunden später ein, was schade ist, weil ich mit dem *Enkeltrick* in gewisser Weise auf der richtigen Fährte lag. Ein Enkel jedenfalls ist der Junge, wie sich bald herausstellen sollte.

Er kniff die Augen ein bisschen zusammen, sah zu, wie ich Snows Bellanfall wegzutätscheln versuchte, ließ seinen Blick dann an mir raufwandern, nickte, offenbar zufrieden mit dem, was er dabei zu sehen bekam. Und sagte: »Du bist Magali, ich erinnere mich genau an dich. Wir waren damals ungefähr drei.«

Ich hatte große Zweifel daran, dass dieser kleine, etwas zu dünne und mit einem Pflaster um den Daumen verarztete Junge überhaupt schon gelebt hatte, als ich drei war – oder vier oder fünf oder sechs. Aber ich sagte auch das nicht. Schlagfertigkeit ist wirklich nicht mein Ding, außerdem sprach sein Buch (leinengebunden, vergilbt, den Titel konnte ich nicht erkennen) dafür, dass er zumindest dem Kindergarten entwachsen war.

Und dann fing er auch schon an zu erzählen. Wie wir zusammen im Hof mit einem langen Stock gegen die Erdgeschossfenster des Hinterhauses gehauen hätten, beziehungsweise ich, weil ich schon damals größer gewesen sei als er. Wie ein zorniger Mann herbeigestürmt sei (»Irgend so ein Testotyp, wohnt der noch hier?«), wie wir uns hinter dem Müllcontainer versteckt hätten. Der Junge redete wie im Fieber. Erzählte von seinem Großvater Albert (»Albert R.!«), den er ewig nicht gesehen habe, weil sein Vater und dessen Vater, also Herr Krekeler, ein schwieriges Verhältnis hätten, aus den verschiedensten Gründen, von denen aber nur einer etwas mit illegalen Substanzen zu tun gehabt habe, und das mit jeder neuen Ehefrau seines Vaters (er nannte ihn Louis) noch schlechter geworden sei. Doch jetzt, nachdem Albert verkündet habe, sein Tod stehe unmittelbar bevor, sehe selbst Louis ein, dass man nach dem alten Knaben mal gucken müsse. Obwohl das mit dem Sterben natürlich Quatsch sei, so der Junge mit einem nachsichtigen Lächeln, jeder wüsste, dass sein Opa Albert schon aus Prinzip auch noch die nächsten fünf Jahre durchhalten würde – vielleicht sogar zehn.

»Wir vermuten, er braucht Gesellschaft«, endete er. »Und nun ja, es sind Osterferien, da geht es sich aus.«

Mit weichen Knien lenkte ich Snow, der sich inzwischen eingekriegt hatte, an ihm vorbei und stieg die ersten Treppenstufen hoch.

Das war ein Fehler, denn nun hängte der Junge sich an mich. Ich konnte seinen heißen Fieberatem richtig im Rücken spüren.

Er: »Weißt du eigentlich noch, wie ich heiße?«

Ich: –, denn ich wusste es *nicht*, hatte auch wenig Sinn für Ratespiele, schließlich musste ich mich jetzt von Snow verabschieden. Normalerweise braucht das immer seine Zeit, aber unter den Blicken des Jungen fiel mir das Kuscheln schwer, und Snow war noch immer unruhig. Also klingelte ich bei den Siemerdings und gab ihn ohne großes Drumherum ab. Hinterher war der Junge noch immer da und verkündete: »Kieran.«

»Kieran, was?«, fragte ich matt.

Er: »Kieran Krekeler.«

Dann waren wir vor der Tür seines Großvaters angekommen und die Dreistigkeit, mir noch weiter nach oben zu folgen, brachte er zu meinem großen Erstaunen nicht auf. Stattdessen hockte er sich auf die Fußmatte, um irgendwelche Knoten in seinen neongelben Schnürsenkeln zu lösen.

Und kaum hatte ich ein paar unbehelligte Schritte getan, konnte ich wieder in normalem Tempo denken. Innerhalb von Sekunden wurde mir bewusst, was der Junge erzählt hatte, dachte an die kleinen Seltsamkeiten der letzten Tage, diese winzigen Verschiebungen, und zog meine Schlüsse.

»Er redet keinen Quatsch«, sagte ich übers Geländer zu ihm runter. »Wenn Herr Krekeler sagt, dass er stirbt, dann stirbt er auch.«

———

So viel Papa die Woche über arbeitet, so unterbeschäftigt ist er sonntags, und wenn man nicht aufpasst, sucht er sich ein Opfer für eine Aktivität, die aber keine echte Aktivität ist, sondern irgendeine Form von gemeinsamem Rumsitzen. Wäre es nach ihm gegangen, wäre er an diesem Palmsonntag mit Malve, die in einem Anflug von Vermessenheit Chemie als P1 gewählt hat, irgendwelche Strukturformeln durchgegangen. Aber Malve stand nicht zur Verfügung. Malve schrieb Tagebuch (»Wenigstens *das* wird man ja wohl noch dürfen, wenn man schon ein ganzes Festival absagen muss!«), und tatsächlich, ihr Tagebuch war unantastbar.

Also musste ich herhalten, obwohl ich auch Tagebuch schrieb, was allerdings niemanden interessierte. Da ich aber schon das Wichtigste aufgeschrieben hatte, über Snow und über den wunderlichen Jungen im Hauseingang, war es okay, und das Ganze lief auf drei Runden Schach hinaus. (2:1 für mich, aber in der entscheidenden Runde hat Papa mich gewinnen lassen, weswegen ich im Grunde doch verloren hatte. Mich nerven solche uneindeutigen Ergebnisse, obwohl mir Schach an sich völlig egal ist.)

»War da mal was mit den Hinterhausfenstern?«, erkundigte ich mich, nachdem ich Papa in der zweiten (meiner guten) Partie einen Turm weggenommen und er endlich aufgehört hatte, mir ungefragt Tipps zu geben. Stattdessen knautschte er die Haut auf seiner Stirn mit drei Fingern zusammen, zupfte daran, zwirbelte sie, als gäbe es wer weiß was zu überlegen, und schlug schließlich im schlechten Tausch meinen weißen Läufer. Dann schien er zu bemerken, dass ich was gesagt hatte, und machte: »Hömm?«

Ich: »Früher. Mit einem Stock.«

Er wusste nicht, wovon ich redete.

Ich: »Mit einem Jungen?«, und zog den Springer auf d4, um seine Dame anzugreifen.

Papa zwirbelte und zwirbelte, zog die Dame zurück, ließ einen vorgerückten Bauern ungedeckt stehen.

Ich: »Wir haben gegen die Fenster geklopft und dann ist irgendein Mann ausgerastet?« Und zack, Bauer weg.

Papa: – Rochade.

Ich: »So arg, dass wir uns hinter den Mülltonnen verstecken mussten? Weil wir Angst hatten, dass er uns schlägt?«

Papa blickte auf, sagte: »Bitte was?«, zog völlig sinnfrei seinen schwarzen Läufer aus der Deckung. »Wer?«

Ich: »Das hab ich dich gefragt.« Läufer weg.

»Der Mann von Claire Hummel«, kam es von der Tür. Malve, ohne ihr Tagebuch, ohne Chemiebuch, dafür mit ihrem Handy.

»Claire Hummel hat einen Mann?«, fragte ich, während Papa sich wieder ins Zwirbeln vertiefte.

Malve: »Hatte.« Sie lehnte sich an den Türrahmen und scrollte sich durch irgendwas. »Aber er hatte *sie* nicht mehr lang, dieser Schwachmat. Übrigens hat er tatsächlich zugeschlagen, nicht bei dir, dich hat er nicht erwischt, aber bei diesem anderen Kind, keine Ahnung, so ein kleiner Junge. Dem hat er eins hintendrauf gegeben.«

Papa grunzte, griff dabei nach seinem übrig gebliebenen Turm, zuckte zusammen, konnte die Berührung aber nicht rückgängig machen.

Ich: »Woher weißt du das alles?«

Malve: »Weil ich dabei war. Damals, im Hof. Ich sollte auf euch aufpassen.«

Papa grunzte noch mal, zog widerwillig den Turm, blickte dann wieder auf. »Und warum weiß *ich* nichts davon?«

Malve zuckte mit den Schultern. »War nicht wichtig.«

»Nicht?« Papa starrte sie an.

»Nope.« Immer noch scrollend drückte sie sich vom Türrahmen weg und verschwand.

Papas Blick wanderte fragend zu mir.

»Schach!«, sagte ich.

Wenn Joël Hummel mich küsst, könnte sich dabei herausstellen, dass er die brutale Art seines Vaters geerbt hat. Ich meine jetzt natürlich nicht, dass er zuschlagen würde, so wäre es bei ihm nicht. Aber es könnte etwas in ihm geben, dass ihn zupacken lässt, auch er: ein Testotyp.

Beispiel: Hof, Fahrradständer, Müllcontainer. Er will an sein Rad, ich an meins. Keiner weicht aus, wir stoßen aneinander. Gereizt guckt er mich an, regelrecht angriffslustig, er will unbedingt, dass ich es bin, die ihm Platz macht. Mach ich aber nicht. Im Gegenteil, ich stelle mich ihm in den Weg, reize ihn noch ein bisschen weiter. Da greift er meinen Arm, so fest, dass es wehtut, und statt mich wegzuschieben, zieht er mich an sich heran.

Ein Biss in die Unterlippe. Ein leichter Geschmack nach Blut. Seine Zunge, die es entfernt.

———

Kieran Krekeler hat also keinen Mist erzählt. Wir sind uns schon mal begegnet, haben als Dreijährige zusammen auf die Hinterhoffenster eingekloppt (beziehungsweise, aus Längengründen: ich), und jetzt hat sein Großvater angekündigt, dass er sterben wird. Herr Krekeler. Sterben. Auch wenn ihm das außer mir vielleicht keiner glaubt.

Als mir all das klar geworden ist, hab ich mich noch mal die Treppe runtergeschlichen, auf meinen Posten, und geguckt, ob irgendwas passiert. Und um Kieran aufzulauern beziehungsweise herauszufinden, ob er noch mal auftauchen würde, um *mir* aufzulauern. Aber es blieb alles still. Nur von ganz unten drang das Getöse der Siemerdings zu mir durch, und irgendwann kam ein Lieferando-Mann, um Carolin und Oliver was zu essen vorbeizubringen, Pizza oder Chinesisch, da bin ich wieder abgezischt.

Später allerdings (vor einer halben Stunde, ich hatte mir schon die Zähne geputzt und wollte eigentlich noch was übers Abendessen schreiben, bei dem Malve Mama eine *Nazimutter* genannt hatte und Mama um ein Haar die Hand ausgerutscht wär, der Super-GAU der *bewussten Elternschaft*), später also ist was passiert. Mein Handy piepte. Ehrlich gesagt passiert das nicht oft, jedenfalls in den Ferien, wenn in der Klassengruppe nichts los ist und sich auch Cara, Aurelia und Kimberley nicht melden. Die nennen sich zwar meine Freundinnen, wenn sie meine Hausaufgaben zum Abschreiben brauchen, aber nicht, wenn sie nach der Schule zusammen shoppen gehen und am nächsten Tag alle mit den gleichen XXS-Oberteilen zur Schule kommen, und schon gar nicht in den Ferien.

Nun aber piepte also mein Handy und darum hab ich die Sache mit der *Nazimutter* aufgeschoben (morgen!), das Tagebuch zugeklappt und nachgeguckt. Und ›WTF!‹ gedacht. Denn Kieran hatte mir eine WhatsApp geschickt. *Konnte eben nicht zu dir rauskommen.*

Ich meine, erstens hatte ich im Treppenhaus so gestanden, dass ich quasi unsichtbar war. Zweitens hatte ich ihm nie meine Nummer gegeben. Hat er vielleicht telepathische Fähigkeiten? Macht er außerkörperliche Erfahrungen und fliegt als Geist durchs Haus, möglicherweise hervorgerufen durch die *illegalen Substanzen*, die er von seinem Vater kennt? Ist er ein Alien, ein Untoter, ein Freak? Ich war mir nicht sicher (bin es auch jetzt nicht), darum schrieb ich nur: ?

KK: *Albert wollte gerade mit mir über Rimbaud sprechen.*
Ich: ?
KK: *Das trunkene Schiff. Mich interessiert allerdings mehr der Typ. Also, Rimbaud. Arthur. Ich meine, er war erst 17, als er es schrieb. Und dann die ganzen Drogen!*
Ich: ?
KK: *Übrigens hätte ich morgen früh Zeit.*
Ich: ?
KK: *Ich hol dich ab. Bis dann!*
Ich: ?

Es steht da wirklich. In meinem Handy. Ich kann es nachlesen, so oft ich will. Eine ganze Weile wartete ich, ob noch was nachkommen würde, aber das geschah nicht.

Vor lauter Verwirrung putzte ich mir zum zweiten Mal die Zähne. Schaute wieder, ob er noch was geschrieben hatte. Dachte weiter darüber nach, woher er wusste, dass ich im Treppenhaus gestanden hatte, gruselte mich deswegen, dachte dann an Herrn Krekeler.

Vielleicht wird ja alles ein bisschen spooky, wenn einer beschließt zu sterben.

Alles und alle.

Jean Nicolas Arthur Rimbaud, 1854–1891, laut Wikipedia einer der einflussreichsten französischen Lyriker
* fing schon früh an zu schreiben
* *Je est un autre* (Dichter als dichtender Seher, scheinbar litt der Typ nicht gerade unter fehlendem Selbstwertgefühl!)
* riss von zu Hause aus, Paris, Beziehung zu Verlaine (auch so einer, nur älter), Drogen (!), Gedichte
* hörte mit neunzehn auf zu schreiben, machte dies und das, reiste, handelte, ging auf Expeditionen
* Knochenkrebs, früher Tod

* *Le bateau ivre/Das trunkene Schiff* (1871), offenbar eins der wichtigsten Langgedichte der Weltliteratur:
(...) Ni traverser l'orgueil des drapeaux et des flammes, Ni nager sous les yeux horribles des pontons!
Was laut einem Paul Celan heißen soll:
(...) Nie komm ich da vorüber, wo sich die Fahnen blähen, und wo die Brücken glotzen, da schwimm ich nimmermehr!

WTF! (Schon wieder!)

Mo., 01.04.

Schon seit zehn nach acht sitze ich startklar in meinem Zimmer, gefrühstückt, geduscht, Zähne geputzt, alles takko, aber Kieran ist bis jetzt (9:28 Uhr) nicht aufgetaucht. Vielleicht handelt es sich ja um einen Aprilscherz. Vielleicht hatte er nie vor, mich abzuholen, und ich bin der Volldepp, der sich am ersten Montag in den Ferien um sieben aus dem Bett quält und bereithält.

Herzlichen Glückwunsch, Magali Weill!

Aber ich wollte ja noch über die *Nazimutter* schreiben, insofern kann ich mir auch einfach einbilden, ich wär dafür aufgestanden. Also. Wir aßen gestern alle zusammen zu Abend, sonntäglich, ein Pilzrisotto, sehr lecker (anfangs), und Malve kündigte an, gleich noch zu Mister Meditation zu gehen und über Nacht bei ihm zu bleiben, in seiner WG in der Nordstadt, wo noch irgendwelche Leute vorbeikommen wollten. Da sie schon nicht zum Festival fahren könnten (»Aus Gründen!«), müssten sie sich eben anderweitig behelfen.

Es kam nicht überraschend. Sie trug schon eine Goa-Hose und ein Oberteil mit der *Blume des Lebens* mitten auf dem Busen.

Mama ließ trotzdem die Gabel sinken, als hätte sie mit nichts gerechnet und wäre nun völlig überrumpelt. »Es geht mich ja nichts an – « (so fängt sie immer an, wenn sie der Meinung ist, eine Sache ginge sie sehr wohl was an), »aber meinst du, dieser – na?«

»Tor-ben!«

»Dieser Torben tut dir wirklich gut?«

Papa verschluckte sich und musste husten. Malves Augen verengten sich zu Schlitzen, schmal wie Stilettklingen.

»Das bist doch nicht du!« Mama deutete auf die *Blume des Lebens*.

»Was bin ich nicht?« Malve sagte es ganz ruhig. Verdächtig ruhig.

Mama: »Diese Menschen, also, zu denen passt du doch gar nicht. Das sind ja –« Sie verdrehte die Augen.

Papa räusperte weitere Reiskörner aus seinem Hals. Allmählich verging mir der Appetit.

Malve: »*Was* sind sie?« Die Stilette blitzten.

Mama: »Die sind doch unter deinem –«

Papa (ziemlich schlapp): »Kristin! Bitte.«

Aber da brach schon die *Diskussion* los.

»Das sind doch Esoteriker!«, rief Mama. »Spinner!«

Und Malve: »*Du* spinnst! Nur weil manche anders denken als du, sind sie noch lange keine –«

Mama: »Ich bitte dich! Die schnappen irgendwas auf und machen es sich in ihrem Halbwissen bequem.«

Malve: »Die wissen Dinge, von denen hast du keine Ahnung!«

Mama: »Das ist doch kein Wissen! Solche Leute übernehmen unhinterfragt Ideen und verbreiten diesen Quatsch dann auch noch weiter.«

»*Solche Leute!* Das sind Student*innen!«, rief Malve. Mit Gender-Pause.

Mama: »Du weißt genau, was ich meine.«

Malve: »Oja, das weiß ich! Ich soll mich von Torben trennen, weil er nicht gut genug für mich ist.«

So ging es weiter hin und her, die Lautstärke steigerte sich, Mama gab Sachen von sich wie »niemals gesagt« und »Wort im Mund umdrehen«, Malve wie »aber gedacht« und »alles kontrollieren«, Papa räusperte sich immer wieder, kriegte es aber nicht auf die Reihe, selbst was zu sagen, ich gab es auf mit meinem Risotto, es ging kein Bissen mehr runter, und nachdem Mama schließlich gerufen hatte: »Wir haben dir echt was anderes beigebracht!«, sagte Malve das mit der *Nazimutter* und Mamas Hand zuckte.

Danach war Ruhe. Alle waren sprachlos, sogar Malve selbst. Nicht mal Tschüss sagte sie, als sie wenig später zu Mister Meditation aufbrach, wo sie noch immer ist und vermutlich auch noch eine Weile bleibt, bis sie sich wieder einkriegt, sich ein paar Stunden wie ein normaler Mensch verhält und dann alles von vorne losgeht. Vielleicht reden Mama und sie aber auch gar nicht mehr miteinander (was nicht das schlechteste Ergebnis einer derart erbärmlichen Diskussion wäre). Und Papa ist fürs Erste in seiner Praxis und muss höchstens »Rachen leicht gerötet« sagen oder »Eiweiß im Urin«.

So war das also. So ist das.

Nazimutter!

(»Glücklich leben, mein Bruder Gallio, wollen alle/Vivero, Gallio frater, omnes beate volunt«, jaja. Komm mal bei den Weills vorbei, Seneca!)

Jetzt ist es übrigens 10:16 Uhr und Kieran ist immer noch nicht aufgetaucht. Ich glaube, diesen Jungen gibt es doch nicht, Hinterhofgeschichten hin oder her. Der ist wirklich so ein Untoter.

―――

Um 10:17 Uhr klingelte es. Ich bekam fast einen Herzinfarkt.
»Bist du schon wach?«, fragte Kieran zur Begrüßung. Seine Haare standen vom Kopf ab, als wäre er gerade erst aus dem Bett gefallen. An seiner Stirn klebte ein Pflaster.
Ich: »Äh, ja.« (Schlagfertigkeitstest failed.)
Er drehte sich auf dem Treppenabsatz um und winkte mich hinter sich her, treppabwärts.
Ich konnte bloß noch irgendwas in Richtung von Mamas Arbeitszimmer rufen und in meine Sneakers schlüpfen.
KK (im Laufen): »Heute kommt eine meiner Schwestern zu Besuch, da bin ich ganz froh, wenn ich nicht die ganze Zeit in der Wohnung hocken muss.«
Ich (hinterherstolpernd): »Älter oder jünger?«
KK: »Älter. 43. Alle meine Geschwister sind älter.«
Ich: ?!
Vor der Siemerding-Wohnung blieb er abrupt stehen. Drinnen kreischte jemand, als stünde Leatherface, der Texas-Chainsaw-Mörder (hat Malve mir mal geliehen), persönlich im Wohnzimmer.
»Was ist?«, fragte ich endlich etwas lässiger. »Das ist bei denen immer so.«

Und Kieran: »Ich dachte, du willst den Hund mitnehmen. Oder etwa nicht?«

Ich atmete durch. »Er ist ein *Husky*, nicht irgendein *Hund*.« Und drückte auf die Klingel.

Als wir das Haus verließen, kamen wir erst mal nicht weit. Direkt vor unserer Haustür wurde der Bürgersteig aufgerissen. Sechs mal sechs Platten fehlten. Ein Bauarbeiter stapelte gerade ein paar davon zu einer Art Pagode und kassierte erst mal ein Knurren von Snow. ›Die ewige Kettensägenmassakerstimmung schlägt wohl selbst einem gutmütigen Wolf wie ihm auf die Laune‹, dachte ich mir, ›und wenn dann wirklich einer mit schwerem Werkzeug anrückt, tut er nur seine Pflicht. Also, der Wolf.‹

»Was wird das?«, fragte Kieran den Bauarbeiter.

Der antwortete nicht. Er glotzte nur. Snow zog angriffslustig die Lefzen hoch.

KK: »Wohl wieder so eine Schwachsinnsbaustelle.«

Der Bauarbeiter brummelte Unverständliches und Snow gab ein Bellen von sich. Der Versuch, ihn zu beruhigen, brachte nichts, seine Laune wurde nur noch schlechter. Also zog ich an der Leine und gab Kieran ein Zeichen, dann schlängelten wir uns um die Absperrgitter, die mitten auf dem Fußweg bereitlagen, und gingen die Straßen entlang, links, rechts, rechts, links, rechts, immer mit Zug an der Leine, bis zum Kanal runter.

Erst am Wasser sagte Kieran wieder was. Bei ihm scheint das Reden zu funktionieren wie Vulkanausbrüche. Entweder es brodelt im Innern oder er haut was raus.

»Woher willst du wissen, dass Albert stirbt?«, fragte er und im selben Moment fing Snow richtig an zu bellen.

Da verstand ich, dass dessen schlechte Laune gar nicht am Siemerding-Geschrei lag oder an irgendwelchen schwer bewaffneten Bauarbeitern, sondern an Kierans Anwesenheit.

Und mir war klar, so würde das nun weitergehen. Heute, morgen, die ganzen Osterferien. Kieran Krekeler würde keine Ruhe geben.

Woher ich weiß, dass Herr Krekeler stirbt:
Er ist 98.
Er sagt von sich selbst, dass er sterben wird.
Er ist 98.
Er behauptet, er muss sich zum Laufen zwingen, obwohl er es mindestens achtzig Jahre lang regelmäßig und guter Dinge gemacht hat.
Einen Tag später geht er gar nicht mehr laufen.
Er ist 98.
Er ist 98!
Er ist 98!!
Man braucht nicht älter als dreizehn zu sein und auch noch nicht geküsst zu haben, um zu kapieren, dass das genug ist.

Als wir gegen zwölf zurückkamen, war der Bauarbeiter verschwunden. Vier Absperrgitter umrahmten das Quadrat aus fehlenden Platten, die Erde war glatt geharkt, an jeder Ecke ragte eine sechsstöckige Pagode auf. Es sah aus, als sollte ein japanischer Miniaturgarten angelegt werden, fehlten nur noch die Bonsais. Und das schien Kieran auf etwas zu bringen. »Kennst du (*ein mir unverständlicher japanischer Name*) den Ersten?«, fragte er.

Ich: »Wen?«

KK: »*(der mir unverständliche japanische Name)* den Ersten.«

Ich: »Nein. *Wie* heißt der?«

KK: »Wa-ka-no-ha-na Kan-ji der Erste.« (Gerade sicherheitshalber noch mal schnell gegoogelt.) »Eigentlich Ha-na-da Kat-su-ji. Als er vierzehn war –«

Ich versicherte ihm, ich kenne ihn *nicht*.

Danach wollte ich uns ins Haus reinlassen, konnte aber meinen Schlüssel nicht finden. Um es kurz zu machen: Ich hatte ihn im Aufbruchsstress vergessen, hatte auch mein Handy vergessen, hatte überhaupt alles vergessen, und auf mein Klingeln hin machte niemand auf. Snow, immer noch übel gelaunt, wurde unruhig, legte die Ohren an, stellte sie wieder auf, sah fragend zu mir hoch, und ich bekam nun dazu auch regelrechten Ankunftsstress, suchte noch mal und noch mal nach meinem Schlüssel, obwohl ich natürlich wusste, dass das zu nichts führen würde.

Und KK da (in aller Seelenruhe): »Ich hab einen.«

Dann klimperte er in seiner Hosentasche herum, aber ehe er seinen Schlüssel auch nur zücken konnte, ging von innen die Tür auf und Joël Hummel stand vor uns, in Jeans und einem grau melierten T-Shirt, als wäre es mindestens schon Mai, dabei schien nicht mal die Sonne.

Sein Blick. Er streifte erst mich, dann Kieran, dann Snow, einmal die Orgelpfeifen hinab. Danach wanderte er wieder aufwärts, allerdings nun konsequent in die Ferne gerichtet, wo irgendwas (oder vielmehr irgendeine, vermutlich die Zierliche) auf ihn zu warten schien. Eine Augenbraue hochgezogen, die schöne Stirn in Falten gelegt, sagte er mehr zu sich selbst: »Komm ich hier mal durch?«

»Schönen Tag auch«, sagte Kieran, als Joël sich an uns vorbeischob und dabei um ein Haar meinen Oberarm gestreift hätte, mit seinem eigenen, der nur zur Hälfte vom T-Shirt-Ärmel bedeckt war. Darunter befand sich nichts als Haut und darunter wiederum definierte Muskeln.

Ich konnte gar nichts sagen. Mein Atem stand still.

»Wakanohana Kanji war übrigens Sumo-Ringer«, sagte Kieran und schob mich mit einem so entschiedenen Griff in den Hauseingang, dass mein Atem zurückkam.

Schnappatmung!

Und dann war ich bei Herrn Krekeler. (»Guten Tag, Magali.«) Wo hätte ich auch sonst hingehen sollen, solange Mama unterwegs war und Einkäufe machte?

Es ist schon später Abend, im Nebenzimmer heult meine Schwester in lautstarkem Selbstmitleid (dazu später mehr), ich bin todmüde (weil viel zu früh aufgestanden), aber ich muss zumindest noch aufschreiben, wie dieser 98-Jährige lebt.

Noch lebt.

Der Schornsteinfeger hatte nämlich recht. Seine Wohnung ist ein einziges Kunstmuseum. Und eine Bibliothek. Und ein bisschen auch ein Kuriositätenkabinett. Oder wie soll man es sonst nennen, wenn man nach *jedem* Schritt stehen bleiben und sich irgendwas angucken muss?

Es riecht auch wie in einem Museum, nach altem Papier und alten Sachen und, nun ja, ein bisschen auch nach altem Mann, ranzig und seifig zugleich, aber das fügt sich in alles andere ein.

Was ich von den Sachen in Herrn Krekelers Wohnung am besten finde:

* den Insektenkasten (nein, nicht nur Insekten – von sehr hübschen, aber leider aufgespießten Schmetterlingen über weniger hübsche Heuschrecken-, Käfer- und Wespenarten bis hin zu irgendwelchen ekligen Riesenschaben –, sondern auch eine sehr haarige Tarantel und Skorpione in verschiedenen Größen)
* die afrikanischen Skulpturen (eine davon mit krass großem Penis, die andere ein Nagelfetisch)
* eine originale Ausgabe der Encyclopædia Britannica von 1801–1809, 4. Auflage, wie Herr Krekeler sagte (tja, Mama und Papa!)
* den japanischen Wandschirm aus sechs handbemalten Paneelen, der das Wohnzimmer in zwei ungleiche Hälften

teilt und hinter dem Kieran und sein Vater ihr Lager aufgeschlagen haben (Louis ist übrigens schon 71, sieht aber viel jünger aus in seinem Hoodie und mit dem Basecap auf der Vollglatze, während Kierans Halbschwester Mareike haargenauso aussieht wie 43)
* die Standuhr mit den Einlegearbeiten, die nicht nur die Zeit, sondern auch die Mondphasen anzeigt (genau genommen sind die natürlich auch Zeit, bloß in langsamer)
* dieses Bild, das »Walddrama« heißt und auf dem vier Wölfe im Schnee über einen Elch herfallen, der ziemlich verzweifelt dreinschaut, aber man muss natürlich auch bedenken, dass die Wölfe großen Hunger haben (eine Lithografie, sagte Herr Krekeler, was heißt, dass es mehrere Drucke davon gibt).

Ich glaub, wenn man zwischen solchen Sachen lebt, ist alles anders. Man ist selbst anders. Anders als wenn man in seinen pastellfarbenen vier Wänden hockt und im Nachbarzimmer noch immer die Schwester rumheult, obwohl *sie* es war, die heute mit Mister Meditation Schluss gemacht hat und die das auch gleich ausgiebig verkündete, als sie am Spätnachmittag nach Hause kam (von Schweigen also keine Spur mehr). Weil Mister Meditation angeblich wirklich ein Spinner sei, wie sie wohl *nach ausgiebigem Nachdenken* festgestellt habe, aber keinesfalls ein Spinner in dem Sinn, den Mama meinte. Sondern in einem anderen Sinn, den wir sowieso alle nicht verstehen würden, darum sollten wir sie auch bloß in Ruhe lassen und nicht mal auf die Idee kommen, ihr Zimmer zu betreten, selbst wenn sie zwischendurch mal weinen müsse. Und nachdem sie es schon angekündigt hat, weint sie tatsächlich *zwischendurch*, wieder und wieder, sodass man unmöglich schlafen gehen kann, ganz egal, wie müde man ist. Und Mama und Papa laufen selbstverständlich doch jedes Mal hin, um sie zu trösten, und keiner sagt was zu der *Nazimutter*-Sache gestern und nicht mal mehr darüber, dass Malve fürs Abitur lernen muss, statt jeden Tag von morgens bis abends Theater zu machen.

Wenn man also lebt wie Herr Krekeler, zwischen all diesen schönen Sachen, zwischen alten Sachen, zwischen Sachen, die Geschichten erzählen, dann wird man wahrscheinlich selbst ein schöner Mensch.

Geht ja gar nicht anders.

Wakanohana Kanji I., eigentl. Hanada Katsuji, 1928–2010, gilt laut Wikipedia als Begründer der berühmten Ringer-Dynastie Hanada
* mit vierzehn Arbeit im Stahlwerk
* wurde bei einem Probekampf entdeckt und danach als Ringer ausgebildet, nannte sich nun Wakanohana
* trat mit achtzehn ins Sumo ein, wurde bald zum *Teufel des Rings*
* gründete später einen eigenen Stall und war dort der Meister, sein Bruder und ein Neffe wurden auch Ringer
* der Bruder war 22 Jahre jünger (vgl. KK!)

Di., 02.04.

Wenn Joël Hummel mich küsst, bin ich vielleicht gerade mit einem anderen Jungen unterwegs. Mit einem ziemlich coolen Jungen, zum Beispiel einem amerikanischen Austauschschüler, Hip-Hop, Basketball, so einer, er könnte Cayden heißen, alle Mädchen aus der Klasse stehen auf ihn und die Jungs werden grün vor Neid, sobald er auftaucht. Jedenfalls unterhalten wir uns und lachen, während wir die Straße entlanggehen, er könnte auch ein Skateboard dabeihaben, das er meinetwegen unter dem Arm trägt, oder wir essen zusammen Eis und ich denke nicht mal den Bruchteil einer Sekunde an Joël.

Aber plötzlich steht er vor uns. Guckt erst zu mir, dann zu dem Austauschschüler, dann wieder zu mir.

»Hi, Joël«, sage ich.

Und: »Hi«, sagt Cayden.

Joël antwortet nicht. Er steht nur da, schaut hin und her, und dann tritt er zwischen uns, drängt mich ein Stück zur Seite, nimmt mein Gesicht in seine Hände.

Ausgeschlafen, noch eine halbe Stunde im Bett geblieben, gegen halb elf gefrühstückt beziehungsweise es versucht. Ich hatte mir gerade Haferflocken ins Schälchen gefüllt, als Mama ankam und ankündigte, dass dringend Eier ausgepustet und bemalt werden müssten (mittags sollte es dann Omelettes geben).

Ich hatte von Anfang an keine Lust. Es leuchtete mir auch nicht ein, wofür das Ganze gut sein sollte. Wir haben so viele bemalte Eier, dass man zehn Ostersträuße damit behängen könnte.

»Darum geht es nicht«, sagte Mama.

Ich: »Sondern?«

Sie: »Dass es gemacht wird.«

Und zack, Eierkarton auf den Tisch, Rührschüssel dazu, Eierstecher. Das Frühstück war also mehr oder weniger gelaufen, ich hab mir nur ein paar Haferflocken reingeschoben und dazu ein Glas Orangensaft getrunken, dann wurde ich mit Pinseln und Farben und Kerzenresten für Wachsmuster ausgestattet.

»An solche Dinge wirst du dich dein Leben lang erinnern«, sagte Mama, und obwohl mir bewusst ist, dass sie es nicht so meinte, klang das fast wie eine Drohung, nach dem Motto: *Magali Weill, was ich mir auch ausdenke, du wirst es nie wieder los!* Und am liebsten hätte ich mich irgendwohin verkrochen, um von ihren Ideen verschont zu bleiben und mich später an andere Dinge zu erinnern, interessante Dinge.

Aber gleichzeitig tat Mama mir immer noch leid, weil Malve sie eine *Nazimutter* genannt hatte, was sie ja nun auch wieder nicht ist, trotz allem, also sagte ich nichts zu ihrer Drohrede und machte eben bei der beknackten Eieraktion mit. Und nicht nur ich. Wir bekamen Verstärkung! Nicht etwa von Malve, die zwar in der Küche auftauchte, aber gleich wieder abhaute, nachdem sie sich einen Kaffee gekocht hatte, sondern von einem unangemeldeten Besucher.

»Wie geil!«, sagte Kieran, als ich ihm mit einer wachsbetropften Eierschale in der Hand die Wohnungstür öffnete. »Ostereier bemalen!«

Und ehe ich kapierte, warum er überhaupt geklingelt hatte (einer seiner Halbbrüder war mit Frau und drei kleinen Kindern vorbeigekommen und Kieran suchte vorübergehendes Asyl), saß er bei Mama und mir am Esstisch, zeichnete mit schwarzem Lackstift einen Totenkopf auf ein Ei und schrieb darunter:

HASTA LA MUERTE!

Kieran blieb dann auch zum Omelette-Essen, wo er Malve kennenlernte. Die aß aber fast nichts, sondern saß nur mit angeekeltem Gesicht am Tisch und betonte wieder und wieder, wie speiübel ihr sei und dass sich niemand vorstellen könne, was für ein Akt es wäre, mit einem Typen wie Torben Schluss zu machen. Sie sagte auch, dass sie nun sicher wochenlang gestalkt werden würde und sich da ja mal zeige, wie zurückgeblieben ausgerechnet Mister Meditation (nein, so nannte sie ihn nicht!) in spiritueller Hinsicht noch sei. Mama meinte, *ihre* Tochter würde von niemand gestalkt werden, dafür werde sie schon sorgen. Leider die falsche Reaktion, weil es natürlich ganz in Malves Sinn ist, wenn jemand ihretwegen durchdreht und sie unbedingt zurückhaben will.

Jedenfalls gab es ein Hin und Her zwischen Mama und ihr, genauer gesagt, eine ihrer *Diskussionen*, und Kieran hörte sich alles an, grinste vor sich hin und schaufelte hochzufrieden große Portionen Omelette in sich rein. Und statt dann seine morbiden Ostereier einzupacken und wieder runterzugehen, ließ er sich anschließend noch in mein Zimmer einladen. Beziehungsweise lud sich selbst ein, ich hatte dabei nicht viel mitzureden.

»Alter!«, sagte er, als er meine pastellfarbenen Wände sah. »Du gehst aber nicht zufällig auf eine Waldorfschule?«

Ich stellte klar, dass ich zwar auf ein elitäres Gymnasium für Rich Kids gehe (peinlich genug!), aber immerhin *nicht* in eine Anstalt, in der ich meinen Namen tanzen und Zwergenpüppchen filzen müsse oder dergleichen. Da war er beruhigt.

KK: »Ich war früher auf einer. Meine Mutter war dafür, die hatte damals so eine Phase. Jetzt gehe ich auf die IGS, damit hat Louis sich durchgesetzt.«

Das war das Stichwort. Ich meine, er hatte mit Mama Ostereier bemalt! Er hatte Malve erlebt! Da hatte ich ja wohl das Recht darauf, auch mal was über seine Familie zu erfahren. Vor allem wenn er sich in meinem Zimmer niederließ und auch nicht so aussah, als wollte er mich in den nächsten drei, vier, fünf Stunden in Ruhe lassen. Bei dem, was ich dann zu hören bekam, musste ich mitschreiben, um nicht den Überblick zu verlieren. (Wobei das auch nicht weiter tragisch wäre. Merken kann man es sich ohnehin nicht.)

Und zwar ist das so:

Herr Krekeler ist KKs Großvater, und Louis, KKs Vater, ist logischerweise Herrn Krekelers Sohn. (»Der verlorene Sohn«, wie Kieran es nannte, was wohl heißen sollte, dass Louis und sein Vater nicht so dicke miteinander sind. Oder vielmehr seit Louis' Drogenphase kaum noch Kontakt hatten, obwohl die laut KK schon lange vorbei ist, und jetzt auch nur wegen dieser Sterbesache.) Herrn Krekelers Frau ist schon fast zwanzig Jahre tot (KK: »Krebs, das Übliche«), und danach hat Herr Krekeler keine andere Frau mehr gehabt.

Umso mehr Frauen hatte Louis, er ist nämlich zum vierten Mal verheiratet und diesmal immerhin schon seit fünfzehn Jahren. Aber Kieran macht sich da nichts vor, er meinte, es wäre nur eine Frage der Zeit, bis sein Vater sich doch wieder eine Neue suche. Vielleicht würde ihm seine Mutter (Phoebe, 26 Jahre jünger als Louis) aber auch zuvorkommen und sich ihrerseits einen anderen schnappen. Die sei jedenfalls liebend gern zu Hause im Wendland geblieben, wo vor Kurzem im Nebengebäude dieser junge Typ aus Linköping eingezogen sei, Atle. (Wie sich herausstellte, lebt KK nämlich in einer Kommune! WTF!) Könnte gut sein, sagte Kieran, dass dieser Atle nach seiner Rückkehr so was wie sein Stiefvater oder Zweitvater oder was auch immer wäre, aber das würde den Braten auch nicht mehr fett machen. Stief- und Zweit- und sonstige Leute gibt es in seiner Familie nämlich jede Menge, weil Louis mit jeder seiner Frauen Kinder gekriegt hat:

* mit der ersten eine Tochter (Mareike, 43, die gestern da war) und einen Sohn (Sven, 41, Kierans Lieblingsbruder)
* mit der zweiten zwei Töchter (Lysann, 36; Mirabell, 34, Kierans Lieblingsschwester) und einen Sohn (Benno, 31)
* mit der dritten einen Sohn (Hyeonjae, 25; als KK mir den Namen nannte, wusste ich nicht, wie man ihn buchstabiert, und jetzt weiß ich nicht mehr, wie man ihn ausspricht; auch sein Lieblingsbruder)
* mit der vierten einen Sohn (Kieran, 13; ja, tatsächlich schon 13, trotz abweichender Erscheinung).

Bis auf Mirabell, Hyeonjae und Kieran haben diese Kinder auch schon alle Kinder, insgesamt ebenfalls sieben, von denen die ältesten älter sind als Kieran. Sein Neffe Casper zum Beispiel ist fünfzehn, seine Nichte Felicitas vierzehn und, wenn man KK glauben darf, *gutaussehend*. Dann gibt es noch Friedemann und Ingrid (beide im Grundschulalter) und zuletzt die Drillinge Louisa, Fanny und Lilith, die Kinder von Benno und angeblich die größten Nervensägen unter der Sonne – nach den Siemerdings.

Natürlich gibt es zu diesen Kindern auch jeweils einen zweiten Elternteil und teilweise auch Stiefeltern und Stiefgeschwister, weil Mareike und Lysann in dem Punkt wohl ganz auf ihren Vater kommen, und alles in allem kam Kieran auf mehr als 25 Personen im engsten Familienkreis. Als er mir auch noch die dreizehn Mitbewohner in seiner Kommune aufzählen wollte, hab ich abgewinkt.

Es hat mich schon fertiggemacht, all das nur zu hören, und als Kieran gegen vier endlich mit seinen Ostereiern losgezogen und es in unserer Wohnung außer irgendwelchen YouTube-Stimmen aus Malves Handy ganz still geworden ist, war ich fast froh, Mitglied der Familie Weill zu sein, und hab mir auch direkt ein paar Videos angeguckt.

Am Spätnachmittag rief Papa mich an. In der Praxis war nicht viel los und er wollte, dass ich vorbeikomme und mir eine Auffrischungsimpfung abhole.

Tetanus-Diphterie-Polio, die war wohl fällig.

Hinterher hat er mich, weil ich nicht gleich wieder aufs Fahrrad steigen sollte, abgehorcht (Ergebnis: unauffällig), meinen Blutdruck überprüft (unauffällig), mir in Hals und Ohren geguckt (unauffällig) und mich gemessen (auffällig).

Obwohl ich weit über der 97 Prozent-Linie der Wachstumskurve liege (schon wieder zwei! Zentimeter! mehr!) und damit außerhalb von allem, was man noch irgendwie als normal bezeichnen könnte, sagte Doktor Andreas Weill nichts dazu. Genau wie er immer *nichts* sagt. Er zog nur den Schieber an der Messlatte zurück auf eine mittlere Höhe, wuchtete sich hinter seinen Schreibtisch und tippte etwas in den Computer.

Ich betrachtete die lindgrüne Wand und wartete, ob doch noch etwas nachkäme.

Was kam, war: »Du kannst die Schuhe wieder anziehen.«

Patientin Magali Weill zog die Schuhe wieder an.

Doktor Andreas Weill: »Fühlst du dich gut?«

Patientin Magali Weill fühlte sich gut.

Doktor Andreas Weill: »Dann kannst du jetzt aufbrechen. Wir sehen uns zu Hause.«

Patientin Magali Weill brach auf. Und sah ihn eine gute halbe Stunde später beim Abendessen, wo er sich den Bauch mit Lasagne vollschlug und Studienrätin Kristin Weill darüber in Kenntnis setzte, dass ihre jüngere Tochter nun wieder vollständig durchgeimpft und darüber hinaus kerngesund sei. (»Werte wie im Bilderbuch!«)

Aber mal ehrlich: 1,82 mit dreizehn Jahren und zweieinhalb Monaten! Da stimmt doch was nicht. Und es stimmt auch nicht, dass ich mich wohlfühle (obwohl ich von der Impfung nichts merke).

Wäre ich 1,52, dann täte ich es. Oder 1,62. Meinetwegen auch 1,72. Vielleicht würden dann auf meinem Handy auch mal andere WhatsApps eintreffen als die von KK. Der hat mir nämlich, während ich in Papas pastellfarbener Praxis gepikst und vermessen wurde, geschrieben, dass ich morgen Vormittag bei Herrn Krekeler klingeln soll. Zwischen halb elf und elf, *bis dahin und schönen Abend!* Kein *Hast du vielleicht Lust?*, kein *Würde dir das passen?* und erst recht keine Begründung für irgendwas. Als hätte ich auch bei der Sache überhaupt nichts mitzureden. Kieran Krekeler, der Kommandant. Magali Weill, die Befehlsempfängerin. Und ich spiel auch noch mit.

Aber was, bitte, bleibt mir anderes übrig?

Ich bin 1,82, Tendenz steigend, und auf meinem Handy treffen keine anderen WhatsApps ein, zum Bespiel von Joël Hummel oder von Cara, Aurelia und Kimberley oder anderen Leuten, die mich normal finden könnten und nett und die vielleicht sogar Zeit mit mir verbringen wollen.

Das Interessanteste, was ich zu tun hab, ist, ein Tagebuch von allen anderen zu schreiben. Und, wenn es gut läuft, mit Snow spazieren zu gehen.

Also werde ich morgen zwischen halb elf und elf bei Herrn Krekeler klingeln, auch ohne bei irgendwas mitgeredet zu haben. Kieran ruft, Magali folgt.

Werde ich?

Werde ich nicht.

Wär ja noch schöner!

PS: Der Bürgersteig vor unserer Haustür ist nach wie vor aufgerissen. Jetzt gibt es eine richtige Grube, wann auch immer die ausgehoben wurde, daneben Erde und Schotter, und um alles herum sind wieder fein säuberlich die Absperrgitter aufgestellt worden, aber was da passieren soll, ist nicht zu erkennen, und vom Bauarbeiter keine Spur. Vielleicht bekommen wir ja neue Abwasserrohre? Oder schnelleres Internet? Oder einen unterirdischen Atomschutzbunker?

PPS: Es ist mir immer noch ein Rätsel, woher KK meine Nummer hat!

Ich bin ja manchmal so idiotisch! Nun hab ich geschlagene drei Stunden wach gelegen, bis mir wieder eingefallen ist, dass Herr Krekeler sterben wird. Will. *Wirklich* werden wird. Beziehungsweise ist mir eingefallen, was das heißt.

Und dass das die Begründung für *alles* ist.

———

Tod

=

**Nichtsein
in alle Ewigkeit**

———

Herr Krekeler stirbt

Mi., 03.04.

Wenn Joël Hummel mich küsst, sollte keiner im Haus vorhaben zu sterben. Man stelle sich vor, ich verließe gerade die Wohnung, um bei dem, der sterben möchte, anzuklingeln. Stufe für Stufe echoten diese Worte in meinem Kopf: Nichtsein. In alle Ewigkeit. Nichtsein. In alle Ewigkeit. Nichtsein. In alle Ewigkeit. Nichtsein. In alle Ewigkeit. Bis sie sich selbst in Nichts auflösten.

Und ausgerechnet dann käme Joël Hummel mir entgegen, sagen wir mal: bis zum Treppenabsatz vor Carolins und Olivers Wohnung, und würde mich abfangen. Genau bei der allerletzten Ewigkeit oder vielmehr diesem Hauch von Ewigkeit, dem Echo des Echos, dem Übergang von Etwas zu Nichts würde es passieren.

Nein, das ginge nicht. Das wäre ein Kuss des Todes. Unter ihm würde alles zu Staub zerfallen.

Nicht einschlafen zu können ist fies, viel zu früh aufzuwachen noch fieser, beides zusammen: die Pest. Man ist todmüde, findet aber nicht zurück in den Schlaf, man will aufstehen und schafft es nicht mal, sich hinzusetzen, man bekommt komische Gedanken, die sich festbeißen wie kleine, hungrige Schattenmonster, und weiß nicht, wohin damit.

Oder eben doch, nämlich dorthin, wo früher oder später alle Komischkeiten landen, also: ins Tagebuch.

Ich hievte mich bis auf den Ellbogen hoch, schrieb was (siehe oben), wobei ich mir übel den Nacken verdrehte, und danach waren die Schattenmonster weg. Ich machte die Augen wieder zu, ließ mir die ersten Sonnenstrahlen, die sich an meinem Rollo vorbeischmuggelten und die Wand entlang bis zu meinem Bett krochen, aufs Gesicht scheinen, hörte zu, wie in der Eilenriede die Vögel ihr Morgenkonzert veranstalteten, und wär um ein Haar wieder eingeschlafen, aber dann:

BÄM! Wach! *Der* Gedanke!

Vielleicht muss man ja erst dieses halbtote Müdigkeitsgefühl in den Knochen haben, um überhaupt was zu kapieren. Zum Beispiel dass jemand, der stirbt, irgendwas braucht, das ihn wärmt. Weil das Leben langsam aus ihm raussickert und immer mehr Kälte zurückbleibt.

Ein Husky-Fell wär nicht schlecht.

Und dazu jede Menge Sonne.

Und Vögel und Tulpen und vielleicht sogar ein paar bemalte Ostereier.

Soll heißen, er braucht den Frühling.

Ich holte mir Snow und brachte ihn kurz zum Pinkeln raus. Auf dem Bürgersteig, nicht weit von der Bodengrube entfernt, eine Kreidezeichnung:

Ein Bauarbeiter, auf den eine Axt niedersaust. (Mehrere Positionen, wie im Zeichentrick.) Sein Helm wird gespalten, Blut spritzt. Die Hand, die die Axt hält, gehört einer Frau. Nun ja.

―

Mit dem Frühling-für-Herrn-Krekeler lief es dann so: Die Tür ging auf und Snow und Kieran starrten sich an. Sie starrten nur, kein Knurren, kein Kommentar. Das Starren dauerte. Aber schließlich setzte Snow vorsichtig eine Pfote auf die Fußmatte, schnupperte an Kierans linkem Strumpf (einer Tennissocke mit zwei neongrünen Streifen, aus der ein blasses Bein ragte, das am Knie verpflastert war und dann wieder in Shorts verschwand), und Kieran sagte: »Du hast den Hund mitgebracht.«

Ich: »Den Husky.«

KK: »Meinetwegen den Husky.«

Jemand aus dem Hintergrund der schummrigen Wohnung: »Den Wolf.«

Die Stimme des Jemand klang erstaunlich gutgelaunt für die Stimme eines Sterbenden, wenngleich vielleicht ein bisschen leiser als gewöhnlich.

»Guten Tag, Magali«, sagte die Stimme dann (natürlich!) und Herr Krekeler tauchte im Flur auf.

Ich stand noch immer vor der offenen Tür, sah zu, wie Snow Kieran beschnüffelte und wie Kieran sich vorbeugte und, man kann es nicht anders nennen, zurückschnüffelte. Freund oder Nichtfreund, das schien hier die Frage zu sein.

Jedenfalls war die Situation peinlich. Ich wusste nicht, was ich sagen sollte. Es war ja nicht mal richtig geklärt, warum ich überhaupt hier war, geschweige denn, warum ich den Husky der Siemerdings mitgebracht hatte.

»Er wärmt«, stieß ich schließlich hervor. »Sein Winterfell ist noch nicht ganz – also, ich hab mir gedacht –«

»Hervorragende Idee!« Herr Krekeler kam näher, um Snow zu streicheln. Seine Hand mit der fleckigen Pergamenthaut bewegte sich langsam vom Kopf bis in die Mitte des Rückens, dann gruben sich seine Finger durch das dichte, dunkle Deckhaar bis hinein in die Unterwolle. Es sah gut und richtig aus, wie sie darin verschwanden (in diesem Fall trafen eindeutig Freund und Freund aufeinander), allerdings konnten wir so natürlich nicht den Rest des Tages stehen bleiben.

»Ich hab mir auch gedacht –«, setzte ich wieder an. Allerdings, sag mal einem 98-Jährigen ins Gesicht, was man sich für die Zeit seines Sterbens Schönes überlegt hat. Es liegt einem zwar zuckersüß auf der Zunge, bleibt dort aber kleben wie ein Stück Baklava.

Da fragte KK (die Nase wieder erhoben, offenbar einverstanden mit dem, was er damit herausgefunden hatte): »Wollt ihr nicht reinkommen?«, und ich (mit der Baklava kämpfend): »Ja, nein, ich –«, Kieran und Herr Krekeler sahen mich fragend an, und dann brachte ich doch über die Lippen, dass ich fürs Erste mit ihnen in die Eilenriede gehen wolle, heute sei doch so schönes Wetter und Snow bräuchte dringend ein bisschen Auslauf.

»Hervorragende Idee«, sagte Herr Krekeler wieder.

Und endlich kam ein bisschen Bewegung in die Situation beziehungsweise Snow und ich in den Wohnungsflur, weil Herr Krekeler noch in Pantoffeln war und Kieran sockfuß und alles ein bisschen Zeit brauchte.

Nur an Louis hatte ich nicht gedacht und zuckte richtig zusammen, als er plötzlich ebenfalls in Shorts und Tennissocken (neonpinke Streifen) und einem dunkelgrauen T-Shirt, auf dem *Rolling Stones* stand und die Beatles abgebildet waren, aus dem Wohnzimmer kam. »Die Zeitschriften separat oder soll ich sie in den Buchbestand einordnen?«, fragte er.

Herr Krekeler machte eine Miene, als hätte er es mit einem Vollidioten zu tun, und sagte: »Natürlich separat.«

Louis verdrehte die Augen und wollte wissen, ob es für diesen Tag noch irgendwelche weitere Handlangeraufgaben der Sterbebegleitung für ihn gebe oder ob für ihn wohl auch eine Chance bestehe, ein bisschen den Frühling zu genießen. »Skulpturen katalogisieren? Bilder abfotografieren? Notartermin bestätigen?«

Herr Krekeler sagte, das wäre alles sehr freundlich, außerdem möge er bitte dafür sorgen, dass nicht wieder irgendwelche Verwandten aufkreuzten. Dann setzte er sich sehr langsam auf eine Sitzbank mit Quasten und gedrechselten Beinen, zog ein Paar schicke Schnürschuhe aus Wildleder hervor und verkündete: »Wir gehen unterdessen in den Wald.«

Unten vor dem Haus nahmen Kieran und ich Herrn Krekeler in die Mitte. Es dauerte eine Weile, bis wir die Straße hinter uns ließen und in den Waldweg einbogen, denn Herr Krekeler war nicht nur leiser, sondern auch langsamer geworden. Vielleicht *konnte* er nicht mehr so wie noch vor ein paar Tagen, vielleicht zwang er sich aber auch zu nichts, was er konnte, aber nicht *wollte*. Stattdessen ging er, wie es für ihn eben angenehm war, betrachtete dabei die Buschwindröschen, die überall am Wegrand blühten, oder blickte suchend ins Unterholz, wenn dort ein Vogel raschelte, und die ganze Zeit über musste ich Snow zurückhalten, der sein übliches Tempo anschlagen wollte.

Ausdauernd war Herr Krekeler aber noch immer, er machte einen Schritt nach dem anderen, bog links ab und wieder rechts, und der Schotter knirschte leise unter seinen Sohlen. Aber schließlich setzten wir uns auf eine Bank in der Sonne, Herr Krekeler noch immer in der Mitte, und nachdem Snow noch ein bisschen an der Leine gezogen hatte, sah er ein, dass dies hier kein Ausflug der flotten Sorte mehr werden würde, pinkelte ausgiebig gegen einen Busch, streckte sich vor unseren Füßen aus und legte eine Pfote auf Herrn Krekelers linken Wildlederschuh.

Während des Spaziergangs hatten wir geschwiegen, aber jetzt war es Zeit für eine Unterhaltung, und ehrlich gesagt war ich ganz froh, als Kieran mit Strawinsky anfing, mit Igor Fjodorowitsch Strawinsky. Ob wir wüssten, dass der schon mit fünfzehn zu komponieren begonnen hatte, aber wegen seines bescheuerten Vaters Fjodor erst mal Jura studieren musste, obwohl der selbst Musiker war. Ich ahnte ja nicht, wohin uns das führen würde. Ich dachte nur, es wär halt wieder so ein Kieran-Thema wie Rimbaud und dieses komische Gedicht vom trunkenen Schiff oder die Sache mit dem Sumo-Ringer, dessen Namen ich schon wieder nachschlagen müsste. Strawinsky sagte mir immerhin was.

Darum erzählte ich auch frei heraus, dass ich früher mal die *Drei leichten Stücke* für Klavier zu vier Händen geübt hatte (also die beiden Oberstimmen), und Malve, die mich dabei begleiten sollte, zwei Tage vor dem Musikschulvorspiel verkündete, so einen Scheiß spiele sie nicht und übrigens wolle sie überhaupt nicht mehr zum Klavierunterricht gehen.

Kieran lachte und fand, das spreche nicht gerade für meine Schwester, und Herr Krekeler sagte, er sei zwar auch pro Strawinsky, aber Malve würde nicht allein mit ihrer Einschätzung dastehen, *Le Sacre du Printemps* sei seinerzeit bei der Uraufführung ausgebuht worden. »Das gefiel den Leuten nicht«, schob er nach, »dass sich eine blühende Jungfrau als Opfer für die Frühlingsgötter zu Tode tanzt.«

Spätestens da wurde mir unbehaglich zumute.

Es lag nicht an der Vorstellung, dass ja auch ich so eine *blühende Jungfrau* sein könnte, die für ein heidnisches Ritual ausgesucht würde. Im Gegenteil. Mir war schlagartig klar, dass die Wahl *niemals* auf mich fallen würde – obwohl ich so was von Jungfrau bin und noch ungeküsst dazu und es vermutlich auch mein Leben lang bleiben werde, wenn Joël Hummel nicht bald mal in die Gänge kommt.

Denn welche Götter wollen schon ein Opfer mit viel zu langen Beinen dargebracht bekommen? Eine Jungfrau jenseits der 97 Prozent-Linie, die beim Tanzen alle anderen, Jungen eingeschlossen, um ein, zwei Köpfe überragt und dabei total dämlich aussieht? Jeder einigermaßen zurechnungsfähige Gott würde sich ein Mädchen wie Malve aussuchen (für den Fall, dass er es mit der Jungfräulichkeit nicht allzu genau nähme) oder zumindest wie Cara, Aurelia und Kimberley. Und das könnte man ihm nicht mal krummnehmen.

Ich weiß nicht, ob Herr Krekeler ahnte, worüber ich nachdachte, oder ob er nur allgemein merkte, dass mir was durch den Kopf ging. Jedenfalls legte er seine Hand auf meinen Unterarm und obwohl er es gut meinte, wurde es nun richtig heikel.

»Sei unbesorgt, Magali«, sagte er nämlich und schmunzelte vor sich hin. »Dieser Frühling bekommt keine Jungfrau, sondern einen Uralten, wie du sicher schon mitbekommen hast. Wollen wir mal sehen, ob ich Ostern noch erlebe.«

Adrenalinstoß. Ich meine, natürlich hatte ich mitbekommen, was los war. Deswegen saß ich ja neben einem 98-Jährigen auf einer Bank in der Eilenriede. Aber von einem *Frühlingsopfer* gesprochen hätte ich nun nicht unbedingt, und dass Herr Krekeler vorhatte, gleich diese Woche zu sterben, überrumpelte mich doch ein wenig.

Kieran wurde sogar richtig sauer. »Mann, Albert, du nervst!«, rief er. »Ostern, was für ein Schwachsinn! Das ist in vier Tagen, ist dir das eigentlich klar? Stell dir mal vor, wie peinlich das dann wird, wenn du Pfingsten noch am

Leben bist«, und eine Fußgängerin drehte sich im Vorbeigehen zu uns um.

Herr Krekeler schmunzelte wieder und ruckelte dabei an meinem Arm. »Das hat er von seinem Vater«, raunte er, »der glaubt es immer noch nicht. Aber ich will mich auf Ostern nicht festnageln. Vielleicht bringen wir erst mal das Fest hinter uns, wenn es euch lieber ist. Wo waren wir stehen geblieben?«

»Strawinsky«, sagte ich matt.

Und Herr Krekeler: »Strawinsky! Vielleicht spielen wir die *Drei leichten Stücke* einmal vierhändig? Falls ich sie noch hinbekomme. Das letzte Mal, dass ich sie gespielt habe, ist schon fast neunzig Jahre her.«

PS: Gerade »Jungfrau« gegoogelt. Jungen, die noch keinen Sex hatten, nennt man auch so, jawohl. Kieran zum Beispiel könnte auch die *blühende Jungfrau* sein, die geopfert wird. Und das Jungfernhäutchen ist gar kein Häutchen, sondern ein Schleimhautkranz. Aber das muss man vielleicht alles nicht mehr so genau nehmen, wenn man 98 ist. Herr Krekeler meinte, glaub ich, eh was anderes. Was er meinte, hatte mehr mit Leben und Tod zu tun.

———

Später spielte ich tatsächlich noch mit Herrn Krekeler vierhändig (ich weiß nicht, ob ich schon aufgeschrieben hab, dass er einen Flügel besitzt?, einen kleinen braunen, der dringend gestimmt werden müsste), wobei wir beide ein paarmal kräftig danebenhauten, was die Sache ziemlich abenteuerlich machte. Aber in gewisser Weise passten die falschen Töne zur Musik und Herr Krekeler sagte mehrmals, so viel Spaß hätte er lange nicht gehabt.

Kieran googelte währenddessen auf dem Sofa nach Fun facts über Strawinsky (»Er führte fast zwanzig Jahre lang ein Doppelleben mit zwei Frauen!« und: »Er geriet mit der Polizei aneinander, als er einen schrägen Akkord unter die Nationalhymne der USA legte!«), Snow, den wir einfach noch mit reingenommen hatten, schlief mitten auf dem Parkettboden und Louis saß mit einem klapprigen Laptop und säuerlicher Miene vor einem der Bücherregale und trug Buchtitel in eine Excel-Tabelle ein.

Hinterher guckte ich mir noch ein Weilchen das »Walddrama« an. Als Herr Krekeler mich fragte, was ich an dem Bild so möge, sagte ich: »Dass man wirklich sieht, was die Tiere sich gegenseitig antun«, und ich glaube, er hat verstanden, was ich meinte. Jedenfalls nickte er und sagte: »Das ganze Hauen und Stechen ums Überleben.« Dabei tätschelte er Snow, der inzwischen aufgewacht war und uns um die Beine strich.

Alles in allem war es also sehr nett, selbst Kieran nervte nicht über die Maßen, weil er bei seinen Strawinsky-Recherchen auf irgendwas mit Walt Disney gestoßen war, das ihn brennend interessierte, und ich wär sicher noch länger geblieben, wenn ich nicht aus heiterem Himmel gemerkt hätte, dass meine Tage kommen wollten (fast eine Woche zu früh).

Und mit ihnen diese grausamen Bauchkrämpfe, die immer am ersten Tag bis in die Oberschenkel ausstrahlen und sich anfühlen, als hinge mein Unterleib an einem Stromkabel. Wenn sich das anbahnt, hab ich ungefähr zehn Minuten Zeit, um zu reagieren, sonst wird es richtig übel. Von der Schweinerei im Slip mal ganz abgesehen.

Ich schnappte mir also Snow, leinte ihn an und hastete zur Tür. Kieran rief mir vom Sofa hinterher und wollte wissen, was los sei (ich: »Geht dich nichts an!«, und KK: »Wieso nicht?«, und ich: »Weil du keine Frau bist!«, und Herr Krekeler: »Auf Wiedersehen, Magali!«), und dann machte ich, dass ich zu den Siemerdings kam. Die Treppe musste ich mich danach schon hochschleppen und seit ungefähr zweieinhalb Stunden liege ich von kurzen Klounterbrechungen abgesehen mit Fencheltee und Wärmflasche im Bett und hasse meinen Körper.

Vielleicht bin ich ja doch das Frühlingsopfer. Den Mengen von Blut nach, das aus mir rausfließt, ist es nicht auszuschließen, und erst recht nicht, wenn man bedenkt, dass manche Mädchen aus meiner Klasse noch nie ihre Tage hatten (Aurelia zum Beispiel und, soweit ich weiß, auch Kimberley). Ich hab keine Ahnung, ob ich schon mit zehneinhalb angefangen habe zu bluten, weil ich groß bin, oder ob ich groß bin, weil ich schon mit zehneinhalb geblutet habe. Ausgesucht hab ich mir beides nicht und falls es die Frühlingsgötter so eingefädelt haben, um sich an meiner Fruchtbarkeit zu bedienen, ist ihnen definitiv ein Fehler unterlaufen. Aurelia wäre viel geeigneter für ihre Pläne, die macht zweimal die Woche Ballett, kann tanzen wie eine Elfe und sieht auch so aus. Und trotzdem bleibt sie unbehelligt. Sie scheint den Göttern einfach durchgerutscht zu sein.

Immerhin komme ich zum Schreiben, Seite für Seite. Die Nachwelt muss ja erfahren, was für merkwürdige Dinge sich ereignen, wenn der Frühling kommt und der Tod, und wenn nichts so recht zum anderen passt. Aber vielleicht ja doch. Ungefähr so wie Strawinskys schräger Akkord zum Star-Spangled Banner.

―

Die Krämpfe haben aufgehört, jedenfalls mit Hilfe der Ibuprofen, die Mama mir vor einer Dreiviertelstunde endlich gegeben hat (ich hatte ihr gleich gesagt, dass ich eine brauche, aber nein!, »Versuchs erst mal mit Tee und Wärme, mein Schatz!«), und ich konnte gerade sogar mit den anderen Flammkuchen essen.

Wobei ich mir das Abendessen echt noch hätte sparen können. Zumindest hätte ich nicht fragen dürfen, ob sie bis oben gehört hätten, dass ich mit Herrn Krekeler die *Drei leichten Stücke* gespielt hab, hätte nicht nachschieben sollen, dass er in Kürze sterben werde, voraussichtlich kurz nach Ostern, und vorher noch mal Musik machen wollte.

Malve (heute übrigens in Schwarz): »Iiieh, was für ein morbider Scheiß!«

Und Papa: »Eine ungeheuerliche Behauptung! Sagen das die Verwandten, die hier neuerdings durchs Haus laufen?«

Und Mama: »Kein Wunder, dass du dort unten Bauchschmerzen bekommen hast!«

Dann meinte Mama noch, ich solle lieber mal wieder richtig Klavier üben, damit ich über die Ferien nicht völlig rauskomme, und Papa hielt mir einen Vortrag darüber, dass Menschen nicht einfach beschließen könnten zu sterben, sondern dass es sich dabei um einen komplexen biologischen Prozess handele. Und Malve verkündete, wir hätten ihr alle miteinander den Appetit verdorben, aber das interessiere ja niemanden und sie werde sich jetzt mit Leuten treffen, die weniger *sick* seien als Mama, Papa und ich.

Würde irgendwas anderes als meine Tage bei mir Krämpfe auslösen, dann die Familie Weill. Aber das passiert nicht. Dem Bauch geht es wieder gut. Magali Weill macht keinen Ärger, Magali Weill hört sich alles an, geht zurück in ihr pastellfarbenes Zimmer und hält die Klappe.

Gerade WhatsApp mit Kieran.

KK: *Ich bin zwar keine Frau, würde aber trotzdem gern wissen, ob alles in Ordnung ist.*

Ich: *Ja, ist es. Jedenfalls das, was vorhin akut in Unordnung war. Heißt: mein schmerzender Unterleib.*

KK: *Ach so, das. (Sorry!) Und was ist nicht in Ordnung?*

Ich: *Keine Ahnung. Eltern, Geschwister, sogenannte Freundinnen? Dass Menschen sterben müssen? Dass Mädchen alle paar Wochen bluten, ob es ihnen gerade passt oder nicht?*

KK: *In dieser Reihenfolge?*
Ich: *Die Reihenfolge ist mir völlig egal.*
KK: *Und Joël Hummel?*
Ich: *WTF?!*
KK: *Ist der in Ordnung?*
Ich: *Was weißt du von Joël Hummel?*
KK: *Was weißt du von ihm?*
Ich: *–*
KK: *Magali?*
Ich: *–*

Igor Fjodorowitsch Strawinsky (auch: Stravinsky, Strawinski, Stravinskij, Стравинский), 1882–1971, russischer Komponist, Vertreter der Neuen Musik
* studierte Rechtswissenschaft in Sankt Petersburg
* Schüler von Rimski-Korsakow
* verheiratet mit Jekatarina Nossenko (Malerin), lange Affäre mit Vera de Bosset (Tänzerin, Schauspielerin, Malerin, später seine zweite Ehefrau)
* auch französische und amerikanische Staatsbürgerschaft
* die Musik des *Sacre du Printemps* wurde von Walt Disney im Zeichentrickfilm *Fantasia* verwendet (T-Rex kämpft gegen Stegosaurus etc.)
* 2007 auf ukrainischer Briefmarke abgebildet

Gerade fällt mir ein, dass ich Kieran immer noch nicht gefragt hab, woher er meine Telefonummer hat. Aber eigentlich interessiert es mich auch nicht. Der kann mich mal mit seinen Nachrichten!

―

Wenn Joël Hummel mich küsst, kann KK gerne zugucken. Sagen wir: im Hauseingang, wo es wieder eine Kollision zwischen Joël und mir gibt. Sein Oberarm streift meinen, wir halten inne, sehen uns in die Augen, dann hebt er eine Hand, streckt den Zeigefinger aus.

Meinetwegen darf KK die Szene sogar filmen und sich hinterher wieder und wieder angucken, wie Joël erst mit dem Finger meine Lippen nachzeichnet und, nachdem sie sich einen winzigen Spalt geöffnet haben, seinen Mund auf meinen legt.

Dann wird er schon sehen, was Joël Hummel für einer ist!

Do., 04.04.

Aufgewacht, aufgestanden, angezogen. Keine Lust auf Bettgedanken, schon gar nicht über all die Träume, die mich heute Nacht wieder und wieder geweckt haben. Ich finde sowieso, Träume sind eine Zumutung. Da tauchen Leute auf, die man überhaupt nicht sehen will, und es passieren Dinge, die es nicht geben dürfte.

Ich geh jetzt raus und mach irgendwas. So wie Malve es immer tut. Das muss man meiner Schwester ja lassen: Gestern Abend super schlecht gelaunt weggegangen und heute Morgen läuft sie rum, als wäre sie auf Droge, weil sie prompt jemanden kennengelernt hat. Ihr neuer Look: eine braune Cordweste mit zweimal vier Knöpfen. Definitiv keine Meditationskleidung.

Die Siemerdings haben wirklich einen Sprung in der Schüssel, und zwar alle miteinander. Es dauerte *sieben Minuten*, bis sie mir überhaupt aufmachten.

»Glei-heich!«, kam es aus der Wohnung, und: »Momentchen noch!«, und: »Sind sofort da-ha!«, und dann kamen direkt vier oder fünf auf einmal zur Tür und hatten grüne Hände und teilweise auch grüne Gesichter. Frau Siemerding erzählte mir irgendwas von jungem Sauerampfer und anderen Frühlingskräutern, aus denen man am Gründonnerstag unbedingt eine Suppe kochen müsse, der Grund dafür ging aber im allgemeinen Tumult unter, als eines der Siemerding-Kinder einem anderen an den Haaren zog (worauf auch die eine Grünfärbung erhielten). Eigentlich hatte ich mir nur Snow holen wollen, aber es dauerte noch weitere sieben Minuten, bis sich herausstellte, dass der gerade mit Herrn Siemerding in den Kleingarten irgendwelcher Freunde geschickt worden war, um noch mehr Sauerampfer zu besorgen. Falls schon vorhanden auch Löwenzahn und mit etwas Glück Kerbel (nur für Borretsch sei es leider noch viel zu früh im Jahr), es würde bei der Zubereitung ja alles so fürchterlich zusammenschrumpfen, sie, also Frau Siemerding, würde sich da immer mit der Menge vertun.

Als endlich wieder die Tür zwischen uns geschlossen war, musste ich mich erst mal sortieren. Kurz war ich mir unsicher, wer hier eigentlich verrückt war, die Siemerdings oder ich, aber das ging vorüber. Was blieb, war die Feststellung, dass ich ohne Snow aufbrechen musste, und das verbesserte meine Stimmung nicht unbedingt. Es ist nämlich die eine Sache, mit einem Husky durch die Gegend zu ziehen, und eine andere, es allein zu tun. Im einen Fall denkt man: Der Rest der Welt kann mir gestohlen bleiben, denn bei mir ist der treuste Gefährte, den man nur haben kann. Im anderen Fall denkt man: Rest der Welt, wo bist du?

Ich beschloss, zumindest mein Fahrrad mitzunehmen. Fahrräder sind ja in gewisser Weise auch Gefährten. Sie sind zwar keine Reittiere (und dadurch auch nicht warm und weich und mit Ohren ausgestattet, denen man was erzählen kann), aber sie tragen einen, und zwar weit genug, um etwas oder jemanden hinter sich zu lassen. Ich also in den Hof zu den Fahrradständern, wo ich fast einen Herzinfarkt bekommen hätte: mitten auf dem Asphalt der Umriss eines Menschen, in der Schrittgegend überall dunkelrote Flecken und drum herum ein gelber Rahmen mit der wiederkehrenden Aufschrift CRIME SCENE DO NOT CROSS. Im ersten Moment dachte ich, jemand wäre letzte Nacht ermordet worden, aber dann erkannte ich, dass es sich nur um Claire Hummels neueste Kreidezeichnung handelte. An einer Stelle hatte sie FIGHT LIKE A GIRL in den Schriftzug eingefügt.

Mit zitternden Fingern schloss ich mein Fahrrad auf, schob es durch den Hauseingang und von dort auf den Bürgersteig, wo ich, weil ich noch immer darüber nachdachte, wen Claire wohl diesmal in Gedanken abgestochen hatte, um ein Haar in die Baugrube gerasselt wär oder zumindest ins Absperrgitter. Worauf ich noch zittriger wurde, als ich es ohnehin schon war. Wozu, bitte, werden tiefe Löcher vor Haustüren gegraben und dann einfach sich selbst überlassen? Sollen auf dieser Welt vielleicht nur diejenigen überleben, die jede Sekunde auf Trab sind? Selektion der Macher? Auslese durch versehentliche Selbstvernichtung der Gedankenversunkenen?

Jedenfalls stieg ich nun aufs Fahrrad und fuhr einfach drauflos, ohne Ziel, aber doch immer ungefähr in dieselbe Richtung. Was zur Folge hatte, dass ich erst die List durchquerte, dann ein Stück durch Mitte fuhr, in die Calenberger Neustadt geriet und schließlich nach Linden. Das Wetter war wieder strahlend und überall tummelten sich Leute, am Fluss, am Küchengartenplatz, in der Limmerstraße, und das, obwohl man meinen sollte, heute wär noch ein ganz normaler Arbeitstag. Lauter Pärchen und Freundesgruppen und Bekannte, die sich zufällig über den Weg liefen und auf ein Schwätzchen zusammen stehen blieben. Selbst drei Alkis hatten es lustig miteinander, sie stießen an und erzählten sich irgendwelche Geschichten, gerieten kurz lautstark in Streit und lachten dann wieder zusammen. Kurz: Das ganze glückliche Leben schien in Linden stattzufinden. Es war deprimierend, also kehrte ich wieder um. Und während ich den langen Weg zurückradelte, mir warm und wärmer wurde und ich außerdem Hunger bekam, hatte ich die unglückliche Idee mit dem Eis. Ein Eis, dachte ich, würde mich aufmuntern, zumal es mein allererstes Eis in diesem Jahr sein würde und damit auch das allerleckerste. Kein Mensch rechnet ja damit, dass ein Eis alles nur noch schlimmer macht.

———

Ich radelte also zurück durch die halbe Stadt, stand fast eine Viertelstunde vor der Eisdiele an und gönnte mir drei schöne, dicke Kugeln (und das, obwohl sie dieses Jahr schon wieder zwanzig Cent teurer geworden sind). Pistazie, Schoko und Sahne-Kirsch. Und eigentlich war es genau so, wie ich es erwartet hatte: einmal mit der Zunge rundherum über alle Sorten geleckt und schon hatte meine Laune sich verbessert.

Grundsätzlich hätte der Aufmunterungsplan also wunderbar aufgehen können. Ich machte nur den Fehler, mich mit dem Eis zurück aufs Fahrrad zu setzen. Normalerweise wär das kein Problem gewesen, ich bin schon tausendmal mit Eis geradelt. Wenn es sein müsste, könnte ich auf dem Fahrrad Tee trinken, Qigongkugeln in der Hand drehen oder Tonleitern rauf und runter üben. Jedenfalls fuhr ich die Lister Meile entlang, nahm dann den Schleichweg bis zu unserer Straße und rollte das letzte Stück auf dem Bürgersteig auf unser Haus zu, alles easy, alles unter Kontrolle.

Dann allerdings erklang irgendwo ein Handy mit dem Homecoming-Klingelton, im nächsten Moment pfiff auf der anderen Straßenseite jemand dieselbe dämliche Melodie vor sich hin, völlig automatisiert, und ich dachte: WTF!

Hätte ich es nur gedacht, wär auch das kein Problem gewesen. Aber dummerweise machte die Eishand den Gedanken mit, soll heißen, sie öffnete sich zu einer Geste ungläubigen Staunens, und zack – bunte Eismatsche auf dem Bürgersteig! Grün, braun und weiß mit dunkelroten Kirschen. In der Mitte aberwitzig unversehrt die Waffel.

Und damit nicht genug. Im selben Moment geht unsere Haustür auf.

Joël Hummel! Genau jetzt, genau hier. Er allein, ich allein. Und? Na? Er guckt, streift mit dem Blick das traurige Häuflein Eis, geht einfach davon.

Gratulation, Magali Weill!

Mir ist bewusst, dass es für eine, die ein Tagebuch von allen anderen schreibt, etwas unpassend ist, aber manchmal wünsche ich mir eine Welt ohne Leute. Heute Nachmittag zum Beispiel hätte ich liebend gern in einer gelebt. Die Person, auf die ich von allen Leuten am besten hätte verzichten können, war Kieran Krekeler. Schon die Vorstellung, er könnte sich bei mir melden und wieder tolldreist nach Joël Hummel fragen, machte mich sauer. Selbst Malve, in deren Zimmer übermäßig fröhlicher Electroswing lief, während sie angeblich fürs Abi lernte (den Geräuschen nach aber mindestens zu jedem zweiten Track *tanzte*), konnte ich besser ertragen.

Sicherheitshalber schaltete ich das Handy in den Flugmodus und legte es in meine Sockenschublade. Mich selbst legte ich samt Tagebuch und Stift aufs Bett und bewegte mich die nächsten zweieinhalb Stunden keinen Zentimeter von ihm weg. Dann allerdings klingelte es an unserer Wohnungstür und bevor ich mich überhaupt hochrappeln konnte, hatte Mama, die eigentlich schon wieder korrigierte und *unter keinen Umständen* gestört werden durfte, aufgemacht.

Es war sofort zu hören, dass es sich bei dem Klingler um KK handelte. Es war auch zu hören, dass Mama entzückt war, diesen kleinen, ewig verpflasterten Jungen, der so eifrig mit ihr Ostereier bemalt hatte, wiederzusehen. Dass Papa und sie gestern Abend noch ganz anders über Herrn Krekelers Verwandte geredet hatten, schien keine Rolle zu spielen. Das Problem war in ihren Augen wohl eher Louis.

»Maaagaliii!«, rief sie. »Besuch für dich!«

»Er soll wieder abhauen!«, rief ich zurück. Aber da ging schon meine Zimmertür auf und wer stand davor?

Snow.

Mein Snow.

Kieran selbst hielt sich irgendwo im Hintergrund. »Kommst du?«, fragte er. »Oder hast du wieder Bauchschmerzen?«

Inzwischen saß ich immerhin auf der Bettkante, doch ehe ich irgendwas sagen oder gar gegen KK und seine nervtötenden Fragen unternehmen konnte, war Snow auf mich zugerast und mir so begeistert gegen die Brust gesprungen, dass ich rückwärts zurück aufs Bett kippte.

»Warum interessierst du dich ständig für meinen Bauch?«, keuchte ich nur, ließ Snow über mein Gesicht lecken, obwohl ich ihn eigentlich hätte ausschimpfen müssen, und dachte: ›Eine Welt ohne Leute, dafür voller Hunde!‹

KK: »Weil ich wissen will, ob du mit runterkommen kannst.« Und, als ich nichts erwiderte: »Bis eben war Lysann mit Felicitas zu Besuch, darum hab ich mich noch nicht eher gemeldet.«

Ich hab nicht die geringste Ahnung, warum es mich noch ärgerlicher machte, dass Kieran den Tag mit seiner *gut aussehenden* Nichte Felicitas verbracht hatte, statt mir (vergeblich!) Nachrichten zu schicken. Aber es *machte* mich ärgerlich, machte mich regelrecht verrückt, genau wie die Tatsache, dass er zu den Siemerdings gegangen war und sich Snow ausgeliehen hatte, während ich nicht mal auf die Idee gekommen war, es noch mal zu versuchen.

»Und?!«, blaffte ich. »Warum meldest du dich jetzt?«

KK: »Hab ich schon zweimal gesagt. Du sollst mit mir runterkommen.«

Ich: »Aha, und wieso?«

KK: »Weil es den Tod nicht interessiert, ob du tagelang eingeschnappt bist oder nicht.«

Mit einem Ruck, der Snow unsanft von meiner Brust beförderte, setzte ich mich wieder auf. »Ist dein Opa tot?«, rief ich.

Und er: »Ganz so schnell gehts auch wieder nicht. Aber er lädt dich zum Abendessen ein.«

———

Mama wollte nicht, dass Kieran mich zu Herrn Krekeler abschleppte. Sie wollte, dass er bei uns bleibt, machte ihm auch direkt irgendwelche Vorschläge, *Struwen* backen, Spiele spielen, lauter solche Mutterdinge. Es kam mir vor, als hätte sie soeben beschlossen, ein armes, verwahrlostes Hippiekind aus seiner verlotterten Sippschaft samt sterbendem Opa zu retten und in das glückliche Leben der Familie Weill einzuführen.

»Musstest du nicht korrigieren?«, fragte ich.

Sie ignorierte mich, hatte nur Augen für Kieran. Ob er schon mal was von *Struwen* gehört hätte, das sei eigentlich ein Karfreitagsgericht aus Westfalen, wo sie herkomme. Sie hätte als Kind noch am Karfreitag Gemüsesuppe mit *Struwen* zu essen bekommen, aber so genau müsse man es nicht nehmen, heutzutage sei ja alles möglich, sogar *Struwen* am Gründonnerstag.

Ich: »Erzähl das mal den Siemerdings. Die müssen am Gründonnerstag Sauerampfer essen.«

Mama schien den Siemerdings nichts erzählen zu wollen, sie hörte auch gar nicht richtig hin. Meine Bemerkung brachte sie nur auf Snow, der hechelnd zwischen Kieran und mir im Flur stand. Der Husky dürfe gerne den Abend über hierbleiben (ein Angebot, das sie *mir* noch nie gemacht hat!), sie müsse nur eine alte Decke raussuchen.

Doch Kieran da so: »Nö!«, holte Luft, räusperte sich, setzte zu einer Rede an. Sowohl der Hund als auch er selbst würden jetzt wieder zu *Albert* runtergehen, bei dem es zwar keine Struwen gebe und auch keinen Sauerampfer, dafür aber Sushi bestellt werden sollte, Kardonnerstag oder Grünfreitag hin oder her. Bei ihnen würde schließlich niemand an diese Ostersache glauben, weder sein Opa noch sein Vater noch er selbst, da seien sie sich ausnahmsweise mal alle einig. Ostern sei nur gut, weil Feste eben Spaß machten, Schokoeier und dergleichen, aber den Tod, den könne nichts und niemand überwinden, damit müsse man sich irgendwann mal abfinden.

Mama klappte der Mund auf. Soweit ich weiß, glaubt sie selbst nicht an die *Ostersache*, jedenfalls nicht wirklich, also nicht, dass da was kommt, wenn einer gestorben ist. Das dachte ja noch nicht mal ihr Seneca, als er auf Kaiser Neros Befehl hin, ohne sich zu beklagen, Selbstmord beging – und das war immerhin in einer Zeit, in der man alles Mögliche glaubte.

Allerdings sah Mama auch nicht so aus, als fände sie es erstrebenswert, sich mit dem Tod abzufinden. Und nachdem

sie sich wieder einigermaßen gefasst hatte, wandte sie sich von Kieran ab und sagte: »Aber du bleibst hier, Magali!«
Da passiert was.
Ich hör den Satz.
Und spür ein Kribbeln.
Und sag dann: »Nö!«

———

Jedes Sushi wurde einzeln bestellt. Keins kostete weniger als vier Euro. Wir bestellten viele. Sehr viele sogar, Herr Krekeler bestand darauf. Dazu Misosuppe, Edamame und Algensalat. Außerdem eine Flasche Sake und zum Nachtisch gefüllte Mochi. Wir kamen auf fast 200 Euro. Louis schickte die Bestellung ab, knallte seinen Laptop zu und zeigte seinem Vater einen Vogel.
»Man lebt nur einmal«, sagte Herr Krekeler und zuckte mit den Schultern. Dann winkte er Kieran, Snow und mich in sein Arbeitszimmer (das mit den afrikanischen Skulpturen) und setzte sich an den Schreibtisch. Es ist ein großer Schreibtisch aus dunklem Holz, hinter dem er ziemlich schmal und blass aussah.
»Was gibts?«, fragte Kieran.
Herr Krekeler deutete auf ein altes Holzkästchen mit Einlegearbeiten. Sagte: »Da drin! Ich habe es Louis schon eingebläut, aber ihr zwei müsst auch wissen, wo sie ist. Jeder, der hier ein- und ausgeht, muss das wissen.«
KK: »Wissen, wo was ist?«

Herr Krekeler: »Meine Patientenverfügung.«
Ich: –
KK: »Was ist das?«
Herr Krekeler: »Eine Willenserklärung für medizinische Angelegenheiten.«
KK: »Aha, und was steht da drin?«
Es stehe drin, so Herr Krekeler, was geschehen solle, wenn das Sterben bei ihm richtig einsetze. Heißt: Wenn er irgendwann plötzlich daliegt und nichts mehr machen kann, aber auch noch nicht ganz tot ist, möglicherweise Schmerzen hat, möglicherweise Beistand braucht.

Im Grunde soll nichts passieren. Keine Wiederbelebungsversuche. Keine künstliche Beatmung. Keine künstliche Ernährung. Nur Schmerzen will er keine haben, dagegen will er was bekommen, notfalls bis er so berauscht sei wie sein übergeschnappter Sohn in seinen schlimmsten Zeiten.

Kieran nickte. Ich nickte auch. Wir hatten beide verstanden.

Herr Krekeler will *wirklich* sterben, will nicht, dass jemand auf die Idee kommt, ihn daran zu hindern, der Rettungsdienst zum Beispiel oder irgendwelche Leute im Krankenhaus. »Und jetzt wollen wir hoffen, dass das Essen bald kommt«, sagte er schließlich. »Habt ihr auch solchen Appetit?«

Hinterher aß er zwar nicht viel, ein bisschen Suppe und zwei, drei Sushi, trank dazu einen Fingerhut voll Sake, mehr ging nicht. Aber er aß mit Genuss, das konnte man erkennen, und da langten auch wir anderen zu – allen voran

Louis, der auf einmal doch sehr einverstanden mit dem teuren Essen zu sein schien. Es war auch wirklich lecker. Besonders die Sushi mit Jakobsmuscheln und die mit Aal schmeckten fantastisch, aber auch alle anderen, und obwohl ich am Anfang noch ein paarmal an das Holzkästchen und seinen Inhalt denken musste, hätte es ein wirklich schönes Abendessen werden können.

Eigentlich!

Hätte Kieran nicht doch wieder alles verdorben.

Kieran und sein dämlicher Hippievater.

Es begann damit, dass Louis, obwohl er seine übleren Zeiten angeblich längst hinter sich hatte, immer mehr vom Essen zum Trinken überging, einen Sake nach dem anderen kippte, auch Kieran anbot, davon zu probieren, und anfing, nervige Sachen zu machen. Schlimm genug, dass er, ehe ich es verhindern konnte, ein übrig gebliebenes Sushi mit Lachs und Avocado unter den Tisch hielt und Snow es sofort herunterschlang.

»Hey!«, rief ich. »Das darf der nicht!«

»Soll doch nicht umkommen, das gute Zeug«, erwiderte Louis, und, schwupps, schon hatte Snow auch eins mit Thunfisch und Gurke im Bauch.

Noch schlimmer wurde es, als Louis anfing, von *Lust und Liebe* zu erzählen, genauer gesagt von seinen *Highlights aus siebzig Jahren*. Peinlicher gehts gar nicht, besonders die Geschichte von –

Jedenfalls wusste ich gar nicht, wo ich hingucken sollte. Herr Krekeler versuchte mehrmals, Louis zu unterbrechen, aber der ging einfach darüber hinweg. Als er endlich aufhörte, hatte ich mehrere Mochi auf meine Stäbchen gespießt, ein anderes zu einem klebrigen Fladen zerdrückt und dachte, schlimmer kanns nicht mehr werden. Im nächsten Augenblick aber prostete Louis Kieran zu, fragte: »Und du so, Junior?«, und da kam KK in Schwung. In der Zwischenzeit hatte er wieder und wieder am Sake genippt, immer lauter über die Geschmacklosigkeiten seines Vaters gelacht und meinte nun offenbar, seine eigenen »Frauengeschichten« erzählen zu müssen. Und was soll ich sagen?

KIERAN KRELEKER HAT SCHON ZWEI MÄDCHEN GEKÜSST!

Eins aus der Grundschule und ein anderes aus einem Feriencamp. Das Mädchen im Camp war angeblich die bessere Küsserin, nicht so verkrampft wie die Grundschülerin, sondern gleich mit Zunge und allem, sie hätten dann auch den Rest der Woche weitergeknutscht.

Herr Krekeler sah mich an und ich war mir sicher, auf meiner Stirn würde der Schriftzug *Unkissed forever* aufploppen. Schnell beugte ich mich zu Snow runter, um ihm die weiche Stelle unter der Schnauze zu kraulen.

Oberhalb der Tischplatte versuchte Herr Krekeler klarzustellen, dass es für einen Mann nicht darauf ankomme, wie viele Mädchen er im Laufe seines Lebens gehabt, sondern nur darauf, ob er die Richtige gefunden habe. KK, der Honk, hörte gar nicht richtig zu.

Sagte nur: »Felicitas hab ich nicht geküsst, obwohl sie ja wirklich verdammt gut aussieht«, und mir wurde schon schwummrig von einer derartigen Vorstellung (Hallo?! Sie ist seine NICHTE oder jedenfalls Halbnichte!), aber im selben Moment sah ich auch noch, wie sich Kierans flache Hand, auf der ein Mochi lag, unter den Tisch schob.

»Tickst du noch richtig?«, rief ich und riss Snow zur Seite. »Daran können Huskys ersticken!« Und ohne mich noch einmal umzudrehen, schleifte ich Snow hinter mir her aus dem Esszimmer und verließ die Wohnung.

Eine Welt ohne Leute!
Eine Welt ohne Leute!!
Eine Welt ohne Leute!!!

Fr., 05.04.

Frühmorgens schon wieder Streit im Hinterhaus. »Égoïste!«, »Imbécile!« und was weiß ich. Vielleicht liegt es daran, dass Ferien sind. Leute, die plötzlich mehr Zeit miteinander verbringen müssen, streiten auch mehr. Und, im günstigen Fall (siehe Familie Hummel), lachen sie hinterher noch öfter.

Malve ist über Nacht nicht nach Hause gekommen. Als ich frühstückte, tauchte sie plötzlich auf, immer noch gut gelaunt, aber völlig übernächtigt. Außerdem hatte sie eine Fahne und mehrere Flecken auf ihrem Oberteil. *Diskussion bei den Weills*, nur kurz, aber noch lauter als bei den Hummels und ohne Gelächter am Ende. Thema: ein Typ namens McV. (Allen Ernstes: »Mäckvau!«)
Anschließend ging Malve ins Bett.

Und dann klingelte plötzlich Frau Siemerding, zwei der Kinder im Schlepptau (eins auf dem Arm, eins am Bein) und Snow an der Leine. Ob ich wüsste, was er gestern Abend gefressen habe.
»Stimmt was nicht?«, fragte ich alarmiert.
Snow stand einfach nur da. Schwerkrank sah er nicht aus, besonders dynamisch allerdings auch nicht.

»Er hat sich in der Nacht übergeben«, sagte Frau Siemerding. »Und eigentlich wollten wir gleich mit den Kindern zu meiner Mutter fahren, aber ich bin mir nicht sicher –«

»Ich nehm ihn!«, rief ich.

Frau Siemerding: »Nein, nein.«

Ich: »Doch, doch.«

Frau Siemerding: »Das kann ich dir nicht zumuten. Wir wären den ganzen Tag unterwegs, nachmittags wollten wir den Kinderkreuzweg mitgehen, und womöglich muss er noch mal –« (Kreisende Bewegung mit dem Zeigefinger.)

Ich: »Er hat nur zwei Sushi erwischt, da kommt bestimmt nichts mehr hoch.«

Im selben Moment fing das Beinkind an zu kreischen, vielleicht wollte es nicht auf den Kreuzweg, vielleicht hatte es auch was gegen Sushi. Jedenfalls steckte es damit das Armkind an, es gab ein großes Geplärr, das sich mit einer Art Echoeffekt verstärkte, denn Malve brüllte durch die Wand: »Ruhe da draußen!«, was noch lauteres Weinen nach sich zog. Da drückte Frau Siemerding mir einfach die Leine in die Hand, nahm auch das Beinkind auf den Arm und trat den Rückzug an. Sicherheitshalber rief sie mir noch ihre Handynummer zu, irgendwelche Zahlen, die sich im allgemeinen Durcheinander verloren.

Ich hockte mich hin, umarmte Snow, walkte mindestens hundertmal seine spitzen Ohren und flüsterte ihm dabei zu, wie leid es mir tue, dass er wegen der Krekeler-Machos hatte kotzen müssen. Ich sprach ihm auch für etliche weitere Dinge mein Mitleid aus, ihm und ein bisschen auch mir selbst.

Winselnd leckte er mir den Hals und ich hätte mir fast einbilden können, dass er jedes Wort verstand.

Während ich noch auf der Fußmatte hockte, tauchte, in ein Handtuch gewickelt und ziemlich gereizt, Mama auf und wollte wissen, was hier schon wieder los gewesen sei. Ich holte Luft und setzte zu einer Erklärung an. Snow würde den ganzen Tag – die Siemerdings würden nämlich – er habe was Falsches gefressen –

»Das können die doch nicht machen!«, rief Mama aufgebracht. »Der muss doch zum Tierarzt!«, und ich: »So schlimm ist es nicht, er hat nur ein bisschen gekotzt«, und sie: »Trotzdem muss man sich um das Tier kümmern!«, und ich: »Mach ich doch jetzt«, und Mama: »Aber wenn das die ganze Zeit so weitergeht!«, und ich: »Erstens tut es das nicht und zweitens geh ich sowieso mit Snow nach draußen«, und Malve wieder so: »Ruhe!«, und Mama, es sei helllichter Tag und sie solle sich endlich um ihr Abi kümmern, wenn sie nicht ihr gesamtes weiteres Leben in den Sand setzen wolle, und Malve: »Mein Leben fängt endlich mal an, gut zu werden!«

›Weg!‹, dachte ich nur. ›Weg, weg, weg!‹

Als wir an Herrn Krekelers Wohnung vorbeigingen, schwang hinter meinem Rücken die Tür auf, gerade so, als hätte wieder jemand dahinter auf der Lauer gelegen. Und zu meiner Blamage glaubte ich, das könnte nur einer sein. Einer, mit dem ich nichts mehr zu tun haben wollte.

»Fuck you, Kieran!«, sagte ich und marschierte, ohne auch nur einen Blick zurückzuwerfen, die nächsten Stufen hinunter.

Da sagte schräg über mir eine Stimme: »Guten Tag, Magali«, und als ich stehen blieb und mich erschrocken umdrehte, fügte Herr Krekeler hinzu: »Guten Tag, Snow, du alter Wolf«.

———

Herr Krekeler hatte tatsächlich auf der Lauer gelegen, in Hauspantoffeln und einem todschicken Morgenmantel, der aussah, als wäre er mindestens so alt wie Herr Krekeler selbst.

Er wollte wissen, wie es mir gehe. Also, nach dem Vorabend, der so unglücklich verlaufen sei.

»Waren Sie früher auch so ein Macho?«, fragte ich zurück. »Einer, der damit angegeben hat, wie viele Frauen er hatte? Bevor Sie darauf gekommen sind, dass es darauf nicht ankommt?«

Kurz schwieg er. Dann fragte er mich, ob ich eine Geschichte hören wolle. Ich würde weder seinen Sohn noch seinen Enkel zu Gesicht bekommen, falls Snow und ich reinkämen, dafür lege er seine Hand ins Feuer.

»Die schlafen und werden in der nächsten Zeit auch nicht aufstehen«, sagte Herr Krekeler. »Es gab gestern Abend noch einige Malheurs mit den beiden Trunkenbolden.«

Ich fand, das geschah Kieran und Louis ganz recht, zu welchen rauschbedingten *Malheurs* es auch immer gekommen sein mochte. Und weil ich mir sicher war, dass Herr Krekeler keiner ist, der irgendwas verspricht und dann nicht hält, zögerte ich nur der Form halber einen Augenblick, bevor ich mich von Snow in den düsteren Flur ziehen ließ. Der hatte nämlich trotz Sushi-Kotzerei keinerlei Bedenken, die Wohnung zu betreten.

Wir gingen wieder ins Arbeitszimmer, weil die *Trunkenbolde* das Wohnzimmer blockierten. Auf der Fensterbank stand in der Morgensonne der Nagelfetisch und blickte mir grimmig entgegen.

»Soll der eigentlich jemandem Schaden zufügen?«, fragte ich. »So voodoomäßig?«

»Im Gegenteil«, sagte Herr Krekeler und erzählte mir, es handele sich um eine Kraftfigur aus dem Kongo (den Namen der Skulpturenart hab ich vergessen) und die Nägel wären dazu da, die gespeicherten Kräfte für den Besitzer freizusetzen.

Ich: »Was für Kräfte?«

Er: »Lebenskräfte.«

Ich: »Und? Sind sie angekommen?«

Herr Krekeler zwinkerte mir zu. »Glaubst du, sonst wäre ich 98 geworden?«

Dann stützte er sich auf seinen Schreibtisch und schaute aus dem Fenster. Es geht nach hinten raus, zum Hof, und er schien dort irgendwas zu sehen, obwohl es nichts zu sehen *gab*. »Meine wahre Kraftfigur war aber Annemi«, sagte er plötzlich. Und damit gab er sich selbst das Stichwort.

Wir setzten uns hin, er hinter seinen Schreibtisch, ich davor, und dann hörte ich die Geschichte von *Albert R. und Annemi*. Weil nämlich, wie Herr Krekeler immer wieder betonte, nicht jedes männliche Mitglied der Familie Krekeler so gesinnt sei wie sein unmöglicher Sohn und darum für Kieran durchaus Hoffnung bestehe. Man müsse zwar Geduld haben, er wate ja zu Hause in der wendischen Kommune buchstäblich bis zu den Knien im Sumpf und sei darüber hinaus ein *eigenwilliger Charakter*, mache aber in puncto Zivilisation durchaus Fortschritte.

Annemi jedenfalls war die Frau, mit der Herr Krekeler 62 Jahre zusammen war (62 von 98, also fast zwei Drittel seines Lebens!). Es lassen sich zehn Dinge über die beiden sagen:

1. Herr Krekeler kannte Annemi schon als Kind. Sie und ihre Eltern wohnten in derselben Gegend.

2. Das erste Mal geredet hat er aber erst mit ihr, als er schon aufs Gymnasium ging und sie in die Höhere Töchterschule. Da war er längst in sie verliebt. Gesagt hat er es ihr allerdings nicht. Stattdessen hat er ihr von einer verbotenen Schallplatte erzählt, die er sich auf dem Schwarzmarkt besorgt hatte.

3. Beim ersten Kuss war er siebzehn und sie fünfzehn. Er war als Flakhelfer einberufen worden und hundertprozentig sicher, eine Granate abzubekommen. Da hat er sich endlich getraut, sie zu küssen.

4. Annemi hatte vor ihm einen anderen Freund. Herr Krekeler hat sie ihm ausgespannt. (Er muss wirklich geglaubt haben, dass ihm etwas zustößt!)

5. Sie heirateten erst acht Jahre später. Vorher passierte noch eine Menge, zum Beispiel wurde Herrn Krekelers bester Freund bei einem Luftangriff getötet. Herr Krekeler machte

das Notabitur, Annemi ihres nach Kriegsende. Sie studierte, er hatte kein Geld und machte eine kaufmännische Ausbildung. An der Uni hatte Annemi einen Verehrer, aber der interessierte sie nicht.

6. Louis ist ihr einziges Kind (dass er ihnen eine unübersichtliche Großfamilie bescheren würde, war nicht abzusehen und schon gar nicht geplant). Als er zwei Jahre alt war, hatte er Scharlach und wär um ein Haar gestorben. Dann hätte Herr Krekeler jetzt keinen einzigen Verwandten.

7. Herr Krekeler arbeitete anfangs in einem Pfand- und Auktionshaus. (»Nur die Botendienste.«)

8. Seinen Kunsthandel gründete er zusammen mit Annemi. (»Unser gemeinsamer Traum.«) Jahrelang verdienten sie fast nichts. Dann verdienten sie plötzlich viel.

9. Sie lebten zusammen, bis Annemi krank wurde und mit 77 Jahren starb.

Eine Weile schwiegen wir, und er betrachtete wieder was, das nicht zu sehen war.

»War sie danach noch immer Ihre Kraftfigur?«, fragte ich schließlich.

»Nach ihrem Tod?« Herr Krekelers Blick kam zurück aus dem Irgendwo. »Nicht mehr und nicht weniger als eine (vergessener Name)-Figur aus dem Kongo. Wie viel Kraft jemand, der nicht mehr ist, einem schenkt, hängt nur von den eigenen Gedanken ab.« Und dann: »Die Kraft steckt in der Erinnerung. In den vielen Erinnerungen. Daran, wie sie aussah. Wie sie sich bewegt hat. Was sie gesagt und was sie getan hat. Wie ihr Lachen geklungen hat und ihr Schimpfen, wenn sie schlechte Laune hatte. Dass sie mich geliebt hat und ich sie. In der Erinnerung setzt sich diese Liebe fort. Ich denke, das reicht.«

Und damit gab er sich wieder das Stichwort. Liebe, die sich in der Erinnerung fortsetzt, das reichte ihm, und was über seine geliebte Frau gesagt worden war, reichte auch. Die Geschichte von *Albert R. und Annemi* war zu Ende erzählt und ohne Drumherum stand Herr Krekeler von seinem Schreibtischstuhl auf. Es wurde auch höchste Zeit. Etwas regte sich in der Wohnung, ein Vibrieren der Dielen, ein Plätschern im Bad, und immerhin hatte Herr Krekeler seine Hand für einen Kieran-freien Besuch ins Feuer gelegt.

Im Treppenhaus wollte ich dann aber doch noch was wissen. Wir standen einander gegenüber. Er in seinen Pantoffeln und seinem Morgenmantel aus einem längst vergangenen Jahrhundert, in dem er irgendwie unecht wirkte, fast transparent, als könnte er sich auch jede Sekunde in eine Erinnerung auflösen. Und ich in Jeans und Langarm-T-Shirt, einen gefühlten Kilometer größer als er und mit einem Husky an der Leine, der mich als einziges Wesen auf der Welt ständig abküssen will (wenn man Snows Geschlabber denn so nennen möchte). Und da rutschte die Frage mir einfach raus. Sie sei doch sicher so eine Kleine, Zierliche gewesen?

Herr Krekeler sah mich verblüfft an. Im nächsten Moment machte er sein Schmunzelgesicht, sagte: »Zierlich? Meine Annemi?«, und erzählte,

10. dass Annemi und er in ihren besten Zeiten auf den Zentimeter genau gleich groß waren. Genauer gesagt 1,72,

das sei damals für eine Frau eine stattliche Größe gewesen. Annemi behielt ihre Größe angeblich bis zuletzt, während er irgendwann anfing zu schrumpfen und es heute mit Ach und Krach noch auf 1,62 bringt.

»Aber das sind Unwichtigkeiten«, sagte Herr Krekeler und tätschelte Snow zum Abschied. »Wer nun größer ist oder kleiner. Ein paar Zentimeter mehr oder weniger, was macht das schon aus?«

———

Ein paar Zentimeter mehr oder weniger. Was das ausmacht? Nun. Während ich mit Snow draußen war, guckte ich mich um. Es gab einiges zu sehen, wir waren fast zwei Stunden im Stadtteil unterwegs, und für einen Karfreitag mit geschlossenen Läden tummelten sich dort eine Menge Leute.

Ich sah dreizehn Paare, die Händchen hielten oder sonstwie zu erkennen gaben, dass sie zusammengehörten. Bei zwölf von ihnen war der Mann größer. Bei einem die eine Frau. (Es war ein lesbisches Paar.)

Ich sah keine einzige Frau, die so groß war wie ich, und schon gar kein Mädchen. Eine Frau war immerhin *fast* so groß wie ich. Sie machte mit einer Freundin, die ihr ungefähr bis zum Kinn reichte, einen Schaufensterbummel durch die Lister Meile. Die Freundin trug Schuhe mit mittelhohen Absätzen, die große Frau flache. Wenn sie stehen blieben und sich unterhielten, knickte die große Frau in der Hüfte ein, um nicht über die andere Frau hinweg zu sprechen.

Ich sah Männer, die größer waren als ich, und welche, die kleiner waren. Keiner der großen Männer knickte ein, wenn er sich mit einem anderen Mann unterhielt, ganz egal, wie der gewachsen war.

Ich sah Schaufensterpuppen, die alle ungefähr Malves Größe hatten. Außerdem: noch dünnere Beine als meine und deutlich dünnere als ihre. Außerdem: absurd große Brüste.

Ich sah Zeitschriften in einem Kiosk, von deren Titelseiten mir lauter Models entgegenblickten, Karlie Kloss zum Beispiel (Google sagt: 1,88), alles Frauen mit endlosen Beinen und langen Hälsen. So unter sich sahen sie super aus, aber natürlich wurden keine Männer neben ihnen abgebildet.

Was ich sonst noch sah:
* einen Fahrradfahrer mit Außenspiegel am Brillenbügel
* eine Meldung auf einem Nachrichtenscreen: »Deutsche Särge werden teurer! Bis zu 30 Prozent Preissteigerung durch Lieferengpässe!«
* einen Barfußläufer im Anzug
* Cara, Aurelia und Kimberley

Kein Kommentar.

―――

Scheiße! (Doch ein Kommentar.) Warum fragen die mich nicht *ein Mal*, ob ich mitkommen will, wenn sie was zusammen unternehmen? Warum tun die sogar so, als hätten sie mich nicht bemerkt? Und für den Fall, dass sie mich wirklich nicht bemerkt haben: Warum nicht? Ich hab sie doch auch bemerkt! Und ein Mädchen von 1,82 muss man erst mal übersehen. Da muss man echt halb blind sein. Oder man will es durchaus nicht dabeihaben. So einfach ist das.

Papa hat schon zweimal versucht, mich zu einer gemeinsamen Aktion zu bewegen. Beim ersten Mal wollte ich allerdings gerade Snow füttern (Mama ist, während ich weg war, extra zum Bahnhof gefahren, in dem heute ein paar Läden öffnen dürfen, und hat in der Drogerie drei Dosen Hundefutter, eine Packung Leckerlis und Knabberstangen aus Rinderhaut gekauft), beim zweiten Mal kamen meine Bauchschmerzen zurück, wie immer am dritten Tag meiner Regel, und ich musste mich hinlegen. Jetzt, 15:48 Uhr, versucht er, Malve zu wecken. Wenig erfolgreich, dem Gemotze im Nebenzimmer zufolge. Armer Papa. Es muss frustrierend sein, wenn alle Töchter, die man so hat, an Feiertagen im Bett rumliegen, statt sich mit einem zu beschäftigen. Aber da muss er durch, vor allem, weil er findet, ich soll nicht schon wieder eine Ibu nehmen. Wenn er mal was von sich gibt, dann ausgerechnet so was!

Snow hat sich übrigens solidarisch auf dem Fußboden in meinem Zimmer ausgestreckt und schläft einen pastellfarbenen Schlaf. Best husky ever.

Karlie Kloss soll es als Jugendliche gehasst haben, groß zu sein. Angeblich hat sie sich Gewichte auf den Kopf gelegt, um das Wachstum zu stoppen.

―

Nun ist es doch passiert. Kieran hat sich gemeldet. Ich hätte gar nicht auf mein Handy gucken dürfen, als WhatsApp piepte. Aber es *hätte* ja auch mal jemand anderes sein können, oder etwa nicht? Es hätten Cara, Aurelia und Kimberley sein können, denen bei ihrem Stadtbummel aufgefallen war, dass sie nicht gefragt hatten, ob ich mitkomme, und die sich nun reuevoll mit mir verabreden wollten?

KK: *Warst du hier, ohne mir Hallo zu sagen?*
Ich: *Wieso hätte ich dir Hallo sagen sollen?*
Ich: *1. hast du geschlafen,*
Ich: *2. hatte ich keine Lust.*
KK: *Am Ende hab ich nicht mehr geschlafen. Ich lag nur noch rum, weil mir alles wehgetan hat.*
Ich: –
KK: *Schienbein aufgeschürft, gestern Abend, und mein Kopf – urgs.*
Ich: *Eine Runde Mitleid!*
KK: *Besten Dank!*
Ich: *Bitte sehr.*
KK: *Warum hattest du keine Lust?*

Erst wollte ich nicht antworten. Es war mir viel zu doof, ihm zu erklären, wie schwachsinnig er sich verhalten hatte.

Aber dann machte ich den Fehler, ihm Nachhilfeunterricht in Sozialverhalten zu geben.

Ich also: *Weil du ein Sexist bist, genau wie dein Vater. Außerdem hättest du um ein Haar Snow umgebracht, das nebenbei.*

KK: *Sexist?*

Ich: *Hör dir doch mal an, wie du über Mädchen redest!*

KK: *Nämlich?*

Ich: *Wenn eine gut aussieht, willst du sie dir NEHMEN.*

KK: *Und das ist sexistisch?*

Ich: *JA!*

KK: *Wieso?*

Er machte mich rasend.

Ich: *Weil ein Mädchen vielleicht auch ein ganzer Mensch ist? Mehr als jemand zum Knutschen? Mehr als ein Mund und ein Gesicht und – was weiß ich, ein Körper eben?*

KK: *I know that.*

Ich: *Erstaunlich für einen Sexisten.*

KK: *Wenn ich ein Sexist bin, dann du erst recht!*

Ich: *What?!*

KK: *Mit dem Unterschied, dass DU andere Leute dafür beschuldigst, es aber selbst nicht zugeben kannst.*

Ich: *WHAT???!!!*

Ich: *Was mach ich denn bitte Sexistisches?*

KK: *Da ist jemand, von dem du überhaupt nichts weißt, aber den du am liebsten ausziehen würdest.*

Ich: –

KK: *Jedes Mal, wenn du ihn siehst.*

Ich: –

KK: *Hui, ist der schön! Und sexy! Und männlich as fuck!*
KK: *Nur doof, dass der Jemand nicht dasselbe will wie du.*
Um ein Haar hätte ich das Handy gegen die Wand geschmissen. Glas und Metall gegen Pastell. Stattdessen schrieb ich: *Für wen hältst du dich eigentlich?*
KK: *Wie jetzt?*
Ich: *Männlich as fuck!*
Ich: *Peinlicher gehts ja wohl nicht.*
KK: *?*
Ich: *Du gehst ja noch für Grundschule durch.*
Ich: *Kindergarten!*
KK: *Boah ey, komm mal runter.*
KK: *Ich red nicht von mir, ich rede von IHM.*
Ich: *Von wem?*
KK: *Monsieur Universe.*
Ich: *VON WEM?!*
KK: *Joël Hummel.*

―――

Ich musste vor Wut heulen und gerade da guckte Papa zur Tür herein. (Er hatte wohl keine Beschäftigung gefunden.) Schnell wischte ich mir die Tränen weg, aber es war schon zu spät.

»Hast du noch immer Schmerzen?«, wollte er wissen.

Ja, ich hatte noch immer Schmerzen. Richtig fiese, weit ausstrahlende Schmerzen, und nun kam er doch zu dem Schluss, dass eine Tablette mich nicht umbringen würde.

Verschwand. Kehrte eine Minute später mit einer Ibu und einem Glas Wasser zurück.

Ich nahm sie ein und wartete, dass Papa wieder aus meinem Zimmer verschwinden würde. Aber er dachte nicht daran. Ächzend bückte er sich, um Snow zu streicheln, der zwar nicht mehr schlief, sondern jede seiner Bewegungen beobachtet hatte, aber nun trotzdem aufschreckte und ihn erst mal skeptisch beschnupperte. Papa ist ja ein ganz schönes Kaliber.

Jedenfalls war die Situation peinlich. Wahrscheinlich wollte Papa, dass ich ihm irgendwas anvertraue, denn ein offenes Ohr gehört zur *bewussten Elternschaft*. Aber er stellte keine Fragen, wie üblich, und darum sagte ich nichts.

Was auch? Dass ich Kieran Krekeler hasse?

Dass ich Joël Hummel hasse?

Dass ich meinen Körper hasse?

Lieber drehte ich mich zur Wand um und schwieg.

»Vielleicht hast du doch recht«, sagte Papa da.

Ich starrte ins Lindgrün, fragte: »Womit?«

Papa: »Ich habe heute Vormittag, als du mit dem Hund draußen warst, bei Herrn Krekeler geklingelt und mich mit ihm unterhalten.«

Ich hielt die Luft an, während mir alles in den Sinn schoss, worum sich das Gespräch hoffentlich *nicht* gedreht hatte, zum Beispiel:

* um Magali Weill, dreizehn, die sich in letzter Zeit ohne Zustimmung ihrer Eltern Kristin und Doktor Andreas Weill im Hause Krekeler herumtreibt, insbesondere

* um ein Sushi-Essen, von dem jene Magali völlig niedergeschmettert zurückgekommen war, oder um ihren Besuch am nächsten (= heute) Morgen, inbesondere
* um die Dinge, die dabei beredet wurden, insbesondere gewisse *Zentimeter*.

Vorsichtig atmete ich ein bisschen weiter und fragte: »Warum wolltest du zu ihm?«

Papa räusperte sich. »Nach allem, was du neulich von seinen Sterbeabsichten erzählt hast – Ich bin Arzt, Magali.« Dann rappelte er sich geräuschvoll hoch und ging zur Tür.

Erst als er schon fast aus dem Zimmer ist, drehe ich mich wieder nach ihm um. Papa guckt. Ich gucke. Unsere Blicke berühren sich in der Mitte.

»Wenn es so weit ist«, sage ich, »dann darfst du ihn auf keinen Fall wiederbeleben. Er will den Tod nicht nur kurz. Er will ihn für alle Ewigkeit.«

Und Papa: »Ich weiß.«

KK: *Kennst du eigentlich Hedy Lamarr?*

Ich: –

KK: *Krass schöne Schauspielerin, in den 1930ern und 40ern. Galt sogar als schönste Frau der Welt.*

Ich: –

KK: *Bekannt geworden mit einer Orgasmusszene in »Ekstase«.*

Ich: –

KK: *Und mit ihrer Erfindung einer Torpedo-Fernsteuerung für die US-Navy. Wirklich krasse Frau.*

Während ich Kierans Nachrichten gelesen hab, kam es mir wieder in den Sinn: dass ich ihm niemals meine Nummer gegeben hatte. Und bestimmt auch niemals gegeben *hätte*.

Noch mal mit Snow draußen gewesen. Danach waren die Siemerdings zurück, Snow wieder abgegeben. »Ekstase« auf YouTube geguckt. Viel gegoogelt.

Hedy Lamarr (eigentlich Hedwig Eva Maria Kiesler), 1914–2000, österreichisch-amerikanische Schauspielerin und Erfinderin
* kam aus einer jüdischen Familie; ihr erster Ehemann verlangte, dass sie katholisch wurde, als Rüstungsindustrieller machte er auch Geschäfte mit den Nazis => sie verließ ihn 1937
* war insgesamt sechsmal verheiratet, auch Affären mit Frauen
* drehte bis 1958, zog sich dann aus der Filmwelt zurück
* erfand 1940 zusammen mit dem Komponisten George Antheil eine störungsfreie Funkfernsteuerung für Torpedos nach dem Lochkartenprinzip und ließ sie patentieren; wollte die US-Navy damit im Kampf gegen das Hitler-Regime unterstützen ·
* wurde zweimal wegen Ladendiebstahls angezeigt

Ich: *Lamarrs Erfindung wurde im Zweiten Weltkrieg gar nicht eingesetzt.*

KK: *Ups.*

Ich: *Die Navy hat sich damals wohl eher mit Lamarrs Namen geschmückt.*

KK: *Shit.*

Ich: *Aber während der Kuba-Krise wurde eine weiterentwickelte Version genutzt, nach dem Frequenzsprungverfahren (frag mich nicht). Da war das Patent längst abgelaufen.*

KK: *Fuck.*

Ich: *Drahtlose Netzwerkverbindungen bauen auch auf ihrer Erfindung auf. Mobiles Internet, GPS, Bluetooth, all das.*

KK: *Krass.*

Ich: *Beim nächsten Mal besser recherchieren!*

KK: *Ja.*

Ich: *–*

KK: *–*

Ich: *Jedenfalls eine coole Frau. Sehr klug. Und, zugegeben, sehr schön.*

KK: *Allerdings. (Beides.)*

KK: *Mein Opa war als Teenager großer Fan. Obwohl es in Deutschland in der Zeit schwierig war mit ihren Filmen, kannst du dir ja denken.*

KK: *Komm wieder. Morgen. Bitte.*

Sa., 06.04.

Gegen sechs aufgewacht, von einem Regenschauer. Aufgestanden, Rollo hochgezogen, Fenster aufgemacht.

Der Duft von Nässe auf der Straße.

Schon ein Streifen Licht am Himmel hinter den Dächern.

Leises Rauschen, in das sich Vogelstimmen mischen.

Das ist der Frühling. Vollgestopft mit Lebendigkeit. Muss Herr Krekeler da wirklich dieses Opfer bringen? Er könnte doch einfach noch ein bisschen weiterleben, sagen wir mal bis zum Herbst. Oktober vielleicht. Nein, November. Ende November. Ein Frühling sollte doch wohl auch ohne den Tod funktionieren, oder etwa nicht?

Wie kann denn jemand überhaupt sterben wollen?

Vielleicht *weil* es Frühling ist und *weil* noch ein bisschen Lebendigkeit in dem Jemand steckt. Ohne Lebendigkeit kann man ja nicht mal anständig sterben. Und mit 98 kann es damit schnell mal vorbei sein, ganz ohne Alarmzeichen. Oder nur mit ganz leisen. Zum Beispiel wenn einer plötzlich merkt, dass er sich zum Laufen zwingen muss. Dass er nicht mehr viel essen kann und auch nicht mehr viel trinken, dass er aufhört, Dinge zu tun, weil sie zu mühsam geworden sind, und nur noch rausschaut, weil die Erinnerungen sich vor den Fenstern drängen.

Und weil er weiß, dass er das, was käme, wenn er jetzt *nicht* sterben würde, einfach nicht haben will.

Den ganzen Vormittag über wurde meine Arbeitskraft missbraucht. Erst sollte ich Osterzweige auf dem Wochenmarkt kaufen, danach zum Bioladen gehen und eine Lammschulter abholen, die Mama vorbestellt hatte, danach zur Papeterie, weil es dort angeblich schönere Kerzen gibt als im Supermarkt, wo Papa gerade einkaufte.

Und das, obwohl ich soeben beschlossen hatte, wieder zu Herrn Krekeler runterzugehen. Und bei ihm zu sein. Solange er noch lebt.

Ich war bereit, wieder auf KK zu treffen, der verdammt noch mal seinen Opa verliert, und auf Louis, der vielleicht immer noch nicht richtig kapiert hat, was eigentlich gerade passiert. Erwachsene stehen ja manchmal echt auf der Leitung.

Stattdessen also Zweige, Lamm und Kerzen, als gäbe es nichts Wichtigeres auf der Welt. Und kein Wort von Magali Weill. Kein Klagen, kein Jammern, kein Seufzen. (»Wer immer aber klagt und jammert und seufzt / Quisquit schlag mich tot«). Richtig genervt wurde ich allerdings, als Mama mich auch noch beauftragte, den Osterstrauß mit Eiern zu behängen und das Wohnzimmer zu dekorieren. Fuck you, Seneca! Irgendwann ist mal Schluss mit Klappehalten.

»Kann das nicht Malve machen?«, fragte ich mit Blick auf meine Schwester, die gerade in einem viel zu großen Adidas-Sweater im Küchenteil des Raumes aufgetaucht war und den Kühlschrank inspizierte.

»Bin gleich weg«, sagte sie, ohne sich umzudrehen. »McV holt mich mit dem Auto ab.«

Das regte mich wirklich auf. Ich wollte *auch* weg.

Also sah ich zu Mama rüber, um herauszufinden, ob Malve damit durchkommen würde. Ihre Miene verzog sich gequält.

Ich: »Malve kann doch wohl auch mal –«

Mama machte eine abwehrende Bewegung mit der Hand.

»Was?!«, fragte ich.

Keine Antwort. Jedenfalls nicht von Mama.

Malve nahm die Milch aus dem Kühlschrank, die Butter, eine halbe Packung Toastbrot, irgendeine Marmelade. Noch immer mit dem Rücken zu uns sagte sie: »Mama weiß, dass ich es eh nicht mache, und in dem Fall lohnt es sich für sie nicht zu streiten. Bringt mich nicht in die Gosse, keine Eier aufzuhängen. Stimmts, Mama? Da gibts ganz anderes! Durchs Abi fallen und so weiter.«

»Malve!«, rief Mama. »Wie kannst du mir nur unterstellen, ich würde annehmen, du –«

Und da spürte ich es. Spürte, dass meine Mutter sich vor meiner Schwester fürchtet, ja, dass sie eine Scheißangst vor ihr hat, seit Malve das mit der Nazimutter gesagt hat und es, wann immer es ihr zupasskommt, wiederholen könnte.

Und so sehr mir Mama selbst auf den Keks ging mit ihrem Ostergedöns – *das* machte mich auch wieder sauer. Anders sauer. Sauer zweiten Grades, sozusagen.

Natürlich hätte ich mich jetzt bereit erklären können, die Zweige zu schmücken. Ich hätte alle Plüschküken aufstellen, ja, meinetwegen sogar *Oh, oh, Osterhas'* singen und mir lustige Ohren aus Pappe basteln können, um die Dinge wieder in Ordnung zu bringen. Aber ich tat etwas anderes.

Ich sage: »Du bist ein Arsch, Malve.«
Alle Anwesenden erstarren.
Ich: »Du drehst dir ständig alles zurecht.«
Stille.
Ich: »Und greifst Leute an, bevor sie dich angreifen können.«
Noch mehr Stille.
Ich: »Und kontrollierst sie, indem du ihnen das miese Gefühl gibst, sie würden *dich* kontrollieren.«
Stille, so dicht wie Pressluft.
Ich: »Weil du genau weißt, was mit dir los ist. Du weißt, wie egoistisch du bist. Und stinkfaul. Und selbstmitleidig. *Ich arme, arme Malve! Dauernd werde ich kritisiert und jetzt soll ich auch noch zu Hause mithelfen!*«
In Zeitlupe dreht Malve sich um.
Guckt mich an.
Weiß keine Erwiderung.

RICHTIG LANGE STILLE!

Erst dann sagte sie: »Oho, Magali spielt Zickentheater«, und: »Komm erst mal durch die Pubertät, bevor wir uns weiter unterhalten«, schmiss zwei Scheiben Toastbrot in den Toaster, bereitete sich einen Cappuccino zu und machte natürlich keinerlei Anstalten, das Wohnzimmer zu dekorieren.

Stattdessen verzog sie sich mit ihrem Frühstück, blockierte das Bad, bis ihr Handy klingelte, und war wenige Sekunden später aus der Wohnung verschwunden.

Aber hey! Ich habs gesehen. Sie hatte echt nichts zu erwidern. Sie hat mich sogar ein kleines bisschen anerkennend angeguckt.

PS: Dekoriert haben Mama und ich zusammen. Es dauerte sieben Minuten. Gesagt haben wir dabei nichts.

Was ich nicht wusste, ehe ich bei den Siemerdings klingelte: dass ausgerechnet heute Snows Frühjahrs-Wurmkur anstand. Am Ostersamstag, zwischen alle Gründonnerstagssuppen, Karfreitagsprozessionen und Osterfeierlichkeiten gequetscht! Die haben doch echt einen an der Waffel, vor allem, weil sie auch noch ein Riesending daraus machten. Denn obwohl Frau Siemerding vorgestern keinerlei Bedenken gehabt hatte, mir einen kotzenden Snow zu überlassen, hatte sie ihn heute in irgendeinem Zimmer abgeschottet und fand es unverantwortlich, ihn abzugeben – das Wurmmittel sei ein starkes Medikament und der alte Husky bräuchte seine Ruhe.

»Okayyy«, sagte ich. In der Wohnung herrschte ein Chaos, das selbst für die Siemerdings beachtlich war. Alle Kinder purzelten im Flur durcheinander, stießen gegen Kisten voller klirrender Gläschen, die wohl in die Glascontainer gebracht werden sollten, und Tüten voller Altpapierschnipsel, die sich nach und nach auf dem Boden verteilten. Im Hintergrund nervte die »Vogelhochzeit« von Rolf Zuckowski, in der Küche schleuderte die Waschmaschine und irgendwo klingelte ein Handy, aber niemand ging dran. Vielleicht war ja auch Herr Siemerding irgendwo abgeschottet worden, oder er hatte sich selbst abgeschottet, man weiß es nicht und wird es auch niemals durchschauen.

»Morgen wieder«, sagte Frau Siemerding jedenfalls. »Vielleicht wenn wir zum Osterfeuer –« Dann fuhr sie herum. Zwei der Kinder waren zusammengestoßen, eins davon heulte laut und sie beeilte sich, es auf den Arm zu nehmen. Das andere in die Kollision verwickelte Kind heulte etwas leiser und bekam keinen Arm ab. Ohne mir der Risiken bewusst zu sein, hockte ich mich hin und streckte ihm eine Hand entgegen. Im nächsten Moment war es schon zu mir gewetzt und hatte sich an meinen Daumen geklammert. Ich streichelte ihm übers erstaunlich seidige Haar, genau wie ich sonst immer Snow streichle, und zauste ihm sogar ein bisschen die Ohren, die fast genauso weich waren wie seine. Das wirkte. Es kriegte sich schneller wieder ein als je ein Siemerding-Kind zuvor.

Doch auch als es längst nicht mehr weinte und ich mich wieder hochgerappelt hatte, ließ das Kind mich nicht los. Es hing an meinem Arm wie an einer Rettungsschnur, blickte ungefähr von der Höhe meiner Knie aus an mir herauf und mich beschlich der Verdacht, dass es sich spontan adoptieren lassen wollte.

»Sag bloß, du möchtest mit?«, fragte ich.

Das Kind sagte nichts, nur sein Klammergriff sprach für sich.

Ich: »Wir gehen aber zu einem sehr alten Mann, der bald stirbt.«

Das Kind hielt sich fest.

Ich: »Und zu einem völlig durchgeknallten Jungen.«

Das Kind ließ nicht locker.

Ich: »Und zu einem Macho, der früher mit *illegalen Substanzen* zu tun hatte.«

Das Kind versuchte, mich in Richtung Treppe zu ziehen.

Also gab ich Frau Siemerding ein Zeichen (beziehungsweise winkte wild, um sie auf mich aufmerksam zu machen) und erklärte durch den immer noch beträchtlichen Geräuschpegel, dass ich es heute Abend zurückbringen würde.

»Jaja«, sagte sie nur. Stellte ihr halb beruhigtes Zusammenstoßkind auf dem Altpapierteppich ab, woraufhin es augenblicklich wieder zu heulen begann, kramte Snows Leine aus der Kiste mit den Husky-Utensilien und drückte sie mir in die freie Hand, bevor das Handy aufs Neue zu klingeln begann und sie eilig die Wohnungstür zumachte.

Einen Moment blieb ich verdattert stehen. Dann klickte ich mit dem Karabiner am Ende des Riemens, das Siemerding-Kind sah mich erwartungsvoll an, und als ich die Leine an einer Gürtelschlaufe seiner Cordhose befestigte, ließ es meinen Daumen los und hielt sich stattdessen daran fest.

»Na dann«, sagte ich und machte, dass ich mit dem kleinen, wackeligen Hündchen fortkam.

Auch bei Krekelers schien sich niemand zu wundern. Kieran scannte mich kurz, scannte das angeleinte Kind, scannte die Lage, ich scannte ihn zurück (Wundkompresse am Schienbein, Pflaster am Ellbogen, Pflaster am kleinen Finger), dann sagte er: »Kommt!«, und wir gingen ins Wohnzimmer, wo Herr Krekeler in einem Sessel saß und Louis zusammengekauert auf einem Sitz-Puff aus Leder, offenbar für Kinder, denn unter ihm sah er aus wie ein Puppenstubenmöbelstück.

Der Geruch nach altem Mann hatte sich verstärkt. Ein bisschen roch es auch nach Schweiß und darüber hinaus nach frisch gekochtem Kaffee. Aus den Tassen stieg noch Dampf auf.

»Guten Tag, Magali«, wurde ich begrüßt. (Natürlich Herr Krekeler.) Er betrachtete das Kind, sagte: »Louis, du hattest doch heute Morgen erst den Koffer in der Hand.«

Louis drehte den Kopf und sah in unsere Richtung. Sein Blick war überraschend weich und ein bisschen müde, vermutlich hatte er den ganzen Vormittag in der Wohnung geackert und saß nun einfach mal da, bei seinem Vater, *mit* seinem Vater, ein 71- und ein 98-Jähriger. »Na?«, sagte er. »Hast 'n Kind gekriegt?«

»Sozusagen«, antwortete ich.

Und Louis: »Aber Leinenpflicht haben wir hier nicht.«

Ich klickte den Karabiner von der Cordhose des Siemerding-Kindes und prompt griff es wieder nach meinem Daumen.

Louis lächelte. Sagte: »Hyeonjae war auch so ein Klammeräffchen«, fügte nach kurzem Nachdenken hinzu: »Man muss sie einfach lassen, wie sie sind«, und an Herrn Krekeler gewandt: »Stimmts, Papa?« Und dann erzählte er lauter unmachohafte Dinge, erzählte von seinen Kindern, sanft und gleichzeitig voller Stolz, erzählte von Mareike und Sven, durch die er gelernt habe, Vater zu sein, von Lysann, Mirabell und Benno, den Kindern aus der *schwierigen Zeit*, von Hyeonjae, dem Vielgeliebten, und zuletzt von Kieran, dem Kommunenkind, Kieran, dem Unruhegeist, Kieran, dem Eigensinnigen, der von klein auf alles aufgemischt habe.

»Papa!«, sagte KK und knibbelte an seinem Ellbogenpflaster.

»Weißt du, Magali«, redete Louis unbeirrt weiter, »solche Menschen braucht die Welt. Persönlichkeiten. Kieran ist eine Persönlichkeit, das hast du sicher schon bemerkt?«, und KK: »Pa-pa!!«, und Louis: »Große Dinge entstehen in unangepassten Köpfen«, und Herr Krekeler: »Der Koffer, Louis!«

Es dauerte einen Moment, bis Louis begriff, was von ihm verlangt wurde, er starrte zum Siemerding-Kind, das an mir hing, war aber noch irgendwo anders, war verirrt in den Zeiten, in denen seine eigenen Kinder klein gewesen waren, vielleicht sogar in noch ferneren, als er selbst ein Junge gewesen war, ein, zwei, drei, vier, fünf Jahre alt, und auf einem Sitz-Puff aus Leder zu den Füßen seines Vaters gesessen hatte. Dann echote er: »Der Koffer!«, und wuchtete sich mit einem Seufzer hoch.

Kurz darauf kam er mit einem rot karierten Köfferchen an, Holzgriff, Ecken und Schnappverschlüsse aus Metall,

auf den Pappflächen fest genietete Holzleisten, in dem, wie sich herausstellte, altes Spielzeug aufbewahrt war:
* eine Kasperlepuppe
* ein Kreisel
* ein Blechauto zum Aufziehen
* eine Kuh auf Rädern
* eine Holzlokomotive
* mehrere Pappbilderbücher
* Tick, Trick und Track aus Gummi
* ein Mecki mit Tabakspfeife
* eine kleine Holzkiste mit einem Mühlebrett als Deckel

Mit einem Juchzen ließ das Kind meinen Daumen los und stürzte sich auf den Koffer.

»Na?«, sagte Herr Krekeler in seinem Sessel. »Was ist das Schönste von allem?«

Es war Louis, der murmelte: »Die Lok«, aber im selben Moment traf auch das Kind seine Wahl, *dieselbe* Wahl, hob die Lokomotive andächtig hoch, zeigte sie Louis, zeigte sie Kieran und mir, trug sie dann zu Herrn Krekeler.

»Ich glaub, ich geh mal raus, eine rauchen«, sagte Louis und verschwand aus dem Zimmer.

»Sind das seine alten Sachen?«, flüsterte ich Kieran zu.

»Sind es«, antwortete Herr Krekeler, kein bisschen schwerhörig. Dabei behielt er das Kind im Auge, das die Lokomotive mit brummenden Lippen an seinem Bein hochfahren ließ. Sagte: »Die Lok macht nicht *brumm-brumm*, die Lok macht *tschuk-tschuk*.«

»*Sch-sch*«, spuckte das Kind und lehnte sich auf ihn, um die Eisenbahnstrecke so weit wie möglich oberkörperaufwärts auszubauen.

»*Tschuk-tschuk-tschuk*«, sagte Herr Krekeler, zog es auf seinen Schoß und ließ sich bis zum schlohweißen Scheitel von der Lok befahren.

Kieran und ich wechselten einen Blick.
KK: »Spielst du Mühle?«
Ich: »Na ja, klar.«
KK: »In der Küche?«
Und ich: »Warum nicht.«

Mühle ist ein langweiliges Spiel. Wenn man es kann, gewinnt immer der, der beginnt. Trotzdem spielten KK und ich dreizehn Partien, sechs gewann er, sieben ich. Wir redeten nicht viel dabei, jedenfalls zuerst nicht. Nur so Sachen wie:

»Was ist mit Snow?« – »Der wird entwurmt.«

»Magst du 'nen Kaffee? Mein Vater hat ungefähr tausend Liter gekocht.« – »Mögen nicht, aber ja.«

»Wer ist übrigens die Frau da unten im Hof, die ihn gerade mit Kreide porträtiert?« – »Das ist Claire Hummel.«

»Ist das die Mutter von –?« – »Don't say his name.«

Ansonsten saßen wir am Küchentisch, schauten aufs Spielbrett, legten Mühlesteine auf die Ecken des Rasters und entfernten sie wieder, schwiegen uns an, lauschten auf Herrn Krekelers Stimme im Wohnzimmer und auf die Geräusche, die das Kind beim Spielen machte (es schrie kein einziges Mal, fabrizierte aber eine Menge *Schschs* und *Brrrrms* und *Duuuuds*). Irgendwann sagte KK: »Hättest du gedacht, dass Sterben so geht?«

Er fragte es nur so, als handele es sich um den Wetterbericht oder darum, was es morgen bei uns zum Osterfrühstück geben sollte, fragte es mitten in die Langeweile hinein. Und auch mir rutschte die Antwort einfach über die Lippen, sie stand schon im Raum, ehe ich darüber nachdenken konnte, sagte sich selbst: »Ehrlich gesagt weiß ich nicht mal, wie Leben geht.«

»Aha.« Kieran setzte einen weißen Stein. Ich einen schwarzen. Er einen weißen. Ich schloss eine Mühle und nahm ihm den letzten Stein wieder weg. »Warum weißt du nicht, wie Leben geht?«, fragte er dann und legte einen neuen Stein an dieselbe Stelle.

»Sieh mich an«, sagte ich.

Er sah mich an. Er schien nicht zu wissen, worauf ich hinauswollte. Schien allen Ernstes noch nie auf den Gedanken gekommen zu sein, dass ein Mädchen, dessen Zielgröße zwischen 1,89 und 1,92 geschätzt wird, bei allen interessanten Dingen des Lebens außen vor gelassen wird.

»Und?«, fragte er.

Ich: »Vergiss es.«

KK: »Okay.« (Schulterzucken.)

KK: »Ich hatte allerdings den Eindruck, du wüsstest es besser als ich.«

Kurz war ich sprachlos. Ich meine, Kieran Krekeler hat

schon zwei Mädchen geküsst. Er lebt in einer Kommune. Er hat ungefähr hundert Verwandte, einschließlich einer hotten Halbnichte. Er ist eine verdammte *Persönlichkeit*.

»Du spinnst«, sagte ich. »Wer tut denn hier immer so, als hätte er die große Ahnung vom Leben?«

KK: »Du.«

Ich: »What?«

KK: »*Du* tust immer so. Als würdest du alles durchschauen. Alle Leute, die dir über den Weg laufen, mit einem einzigen Blick. Magali Weill, die Checkerin! Warum schreibst du nicht ein Buch über alle anderen?«

Ich: –

Ich dann: »Danke für den Vorschlag, das mach ich schon längst.«

KK: »Du schreibst was?«

Ich: »Ein Buch über alle anderen. Tagebuch.«

KK: »Schreibt man Tagebücher nicht über sich selbst?«

Ich: »Kann schon sein, aber vom Selber-Leben hab ich eben keine Ahnung.«

KK: »Oh Mann.«

Und dann: »Ich auch nicht.«

Das war ungefähr bei Partie Nummer acht. Wir spielten weiter, sahen durchs Fenster zu, wie der Kreide-Louis im Hof Gestalt annahm, Claire übte 3-D, der Louis versank in einem Bodenloch, das aussah wie das schwachsinnige Bodenloch vor der Haustür, wir tranken Kaffee, den wir nicht mochten, spielten noch ein bisschen weiter.

KK: »Man müsste jemanden fragen.«

Ich schwieg. Wir schwiegen beide. Lauschten. In der Wohnung war es still, vermutlich schon länger, aber richtig hörten wir es erst jetzt.

Ich weiß nicht, ob Kieran in dieser TOTENSTILLE denselben schrecklichen Gedanken hatte wie ich, nehme aber an, auch er glaubte, dass *es* urplötzlich passiert sein konnte, denn wir sprangen gleichzeitig auf und liefen ins Wohnzimmer zurück. Und mussten beide vor Erleichterung lachen, als wir Herrn Krekeler und das Kind im Sessel sahen. Es schlief an seine Brust gelehnt, er mit dem Kinn auf seinem seidigen Haar. Die Lokomotive klemmte zwischen ihnen, sanft hin und her bewegt von ihren Atemzügen.

»Einen Philosophen«, sagte Kieran. »Wir sollten einen Philosophen fragen.«

»Jaja, frag du mal einen Philosophen!«, sagte ich.

Er: »Kennst du einen?«

Ich: »Nur Seneca. Aber der ist seit fast 2000 Jahren tot und taugt außerdem nichts.«

Er: »Wir brauchen einen, der noch lebt.«

Ich: »Du findest bestimmt einen in der Wikipedia.«

Und wir lachten schon wieder, bis das Siemerding-Kind sich rekelte und im Aufwachen sagte: »*Schuk!*«

Als ich aufbrach, gab ich mir einen Ruck. »Morgen?«, fragte ich Kieran.

Ich. (Magali Weill.) Fragte ihn. (Kieran Krekeler.)

»Morgen kommen die Verwandten«, antwortete er.

Das saß. Ich wünschte, ich hätte nicht gefragt.

»Welche?«, schob ich schließlich hinterher.

»Die meisten«, sagte Kieran. »Auch meine Mutter.«

Eigentlich hätte ich es mir denken können. Morgen ist Ostern. Klar kommen da die Verwandten. Klar kommt Kierans Mutter. Bestimmt auch Felicitas. Sie gehört zur Familie. Und klar bin ich nur die Nachbarin.

Aber!

Mann!

»Du kannst natürlich trotzdem kommen«, bot Kieran an.

»Mal sehen«, sagte ich. »Wir feiern ja auch.«

Dann hängte ich mir Snows Leine um den Hals und hielt dem Siemerding-Kind meine Hand hin. Es nahm sie aber nicht. Mit beiden Händen umklammerte es die Holzlokomotive, die Louis ihm geschenkt hatte, nachdem er gut gelaunt vom Hof zurückgekommen war.

Beinahe vermisste ich seine kleine, warme Hand.

Es ist spät, mein Zimmer ist leer. So leer wie jetzt gerade ist es mir schon lange nicht mehr vorgekommen.

Mama und Papa sitzen im Wohnzimmer, reden manchmal kurz miteinander, schweigen dann wieder. (Mögen die sich eigentlich noch? Mochten sie sich je?) Malve ist seit mittags weg, bei McV oder welchem Jungen auch immer, kein Mensch weiß, wann sie wiederkommt. Kieran ist unten, Joël

Hummel – wo auch immer. Cara, Aurelia und Kimberley? In einer anderen Welt.

Ich hab fast das Gefühl, ich wär selbst nicht hier.

Magali Weill ist woanders. Ich muss sie herschreiben. In dieses Zimmer mit seinen bescheuerten pastellfarbenen Wänden. Und in dieses Tagebuch.

So., 07.04.

Wenn Joël Hummel mich küsst –

Nein. Joël Hummel wird Magali Weill nicht küssen. Niemals. Joël Hummel küsst andere Mädchen, die Zierliche natürlich und vielleicht eine Schöne, eine Lustige, eine Bitch und zig andere.

Nicht. Mich.

Also: Sollte mich jemals irgendjemand küssen (es ist nicht sehr wahrscheinlich, aber man weiß ja nie), dann vielleicht ganz früh an einem Ostersonntag. In der Luft liegt der Geruch von Feuer, aber man sieht keinen Rauch, sie ist ganz klar und frisch. Die Sonne steht irgendwo hinter der Eilenriede, zwischen den parkenden Autos hängt noch die Dämmerung, ich gehe ganz allein durch die leeren Straßen, keine Glocken läuten, keine Spaziergänger spazieren, keine Jogger joggen, und meine Eltern liegen im Bett, ohne jede Ahnung, dass ihre jüngere Tochter schon auf den Beinen ist und um die Häuser zieht.

Und da kommt der Irgendjemand um die Ecke. Auch er kann nicht mehr schlafen, auch er will raus in diesen sauberen, menschenleeren Morgen.

Er sieht mich, seine Stirn runzelt sich, er zögert, bleibt stehen. Küsst mich und geht dann schnell weiter.

———

Malve ist nicht zum Osterfrühstück erschienen!

Nachdem meine Eltern sich einigermaßen beruhigt hatten, gab es – verspätet – Soleier und Osterzopf, und hinterher drückte mir Mama einen Korb in die Hand und sagte, ich solle Schokoeier »suchen«. Vorher hatte ich sie schon in allen Farben glitzern sehen, in den Regalfächern vor den Bänden der Encyclopædia Britannica, auf den Kanten der Bilderrahmen, in Blumenvasen und Keramikschüsseln, in den Kuhlen der Sofakissen, auf dem Klavier. Auch mein Ostergeschenk lugte eher auffällig als dezent hinter dem linken Sessel hervor, das Wohnzimmer war eine einzige Bonbonbude, ein Schlaraffenland, eine Osterwiese, aber ich hatte trotzdem gehofft, von all dem verschont zu bleiben. Zwei Kinder, die beide viel zu alt dafür sind, um sie auf Ostereiersuche zu schicken, ist elterntechnisch schon mal ein Griff ins Klo. Bereits letztes Jahr war das Ganze unfassbar peinlich, aber damals war wenigstens Malve da und hat zumindest so getan, als würde sie mitsuchen. Ein einzelnes Kind dazu zu nötigen, während das andere sich vollverweigert, sollte dagegen nicht mal *meinen* Eltern einfallen.

»Euer Ernst?«, fragte ich.

»Ja, warum denn nicht?«, fragte Mama zurück. »Das macht doch Spaß!«

Ich (erschüttert): »Vielleicht bin ich dreizehn?«

Sie: »Ja, und?«

So viel Unverständnis brachte mich schon fast zum Einknicken. Trotzdem probierte ich es noch mal mit »1,82, mit Aussicht auf mehr?«, und weil Mama immer noch auf dem Schlauch zu stehen schien, schob ich nach: »Wenn ihr ein Kleinkind behalten wolltet, dem ihr Eier verstecken könnt, hättet ihr wohl mal besser mein Wachstum gestoppt, als es noch nicht zu spät dafür war.«

»Magali!«, sagte Papa da. Mit einer Stimme, die etwas ganz anderes meinte als Schokoeier. Mit einer Stimme, die mich zwang, ihm ins Gesicht zu sehen.

»Ja?!«, fragte ich.

»Weißt du eigentlich, was du da –?« Er hob die Hand und spreizte die Finger, als wollte er zu einer Rede ansetzen. Aber dann senkte er doch den Blick und murmelte: »Schon gut.«

Irgendwie tat er mir leid, weil er nicht sagen konnte, was er sagen wollte (vermutlich, was ich natürlich selbst weiß, nämlich dass eine Hormonbehandlung Nebenwirkungen hat und ich durch sie *noch* eher meine Tage bekommen hätte). Auch Mama tat mir leid und ich wollte ihr die Feiertagsstimmung nicht völlig verderben, nachdem sie schon durch ihre achtzehnjährige Tochter schwer beschädigt worden war. Also begann ich, die Schokoeier einzusammeln. Nach ungefähr zwei Minuten lagen alle in meinem Korb. 58 Stück, bio, Fairtrade, Topqualität. Man muss sich trotzdem wundern. Ich meine: 58! Früher, als wir klein waren, gehörte zur bewussten Elternschaft nämlich, uns von zu viel Zucker fernzuhalten. Heute geht es wohl um anderes. Was nicht gerade angenehmer ist, höchstens im Hinblick auf Süßigkeiten.

Malve braucht aber nicht zu glauben, dass sie auch nur ein einziges von den Eiern abbekommt. Eher schenke ich sie den Siemerding-Kindern, denn die kriegen vermutlich nur bunte Hühnereier. Oder vielleicht Straußeneier. Damit alle satt werden.

PS: Als Ostergeschenk hab ich einen Pulli bekommen. Size L, das heißt, die Ärmel haben die richtige Länge, der Umfang ist zu groß. Sonst aber sehr schön.

PPS: Mama hat den ganzen Vormittag über keinmal Seneca erwähnt. Vielleicht ist sie allmählich mit ihrem Latein am Ende. (LOL!)

―

Es war noch zu früh, um Snow abzuholen. Mitten in der Mittagszeit, die leere Stunde, in der alle zu Hause hocken. Nur Carolin und Oliver traf ich im Treppenhaus oder vielmehr ein Nachbild von ihnen. Sie waren irgendwo gewesen und verschwanden gerade wieder in ihrer Wohnung, vielleicht hatten sie einen Spaziergang gemacht, vielleicht einen Besuch, ich hab keine Ahnung, über ein kurzes Nicken und das Klappern der Tür ging unsere Begegnung nicht hinaus.
    In Herrn Krekelers Wohnung dagegen: Stimmen.
    In der der Siemerdings: Stimmen.
    In meinem Kopf: Stimmen.
    Sie stritten, während ich die Treppen hinunterschlenderte.

Manche wollten unbedingt, dass ich Kieran eine WhatsApp schrieb und fragte, ob ich ihn vor seinen Verwandten retten könnte und wir was zusammen machen wollten, andere stimmten ein und riefen: »Klingle ihn raus!« oder »Geh ihn besuchen!«, wieder andere hielten dagegen und hatten tausend Einwände, zum Beispiel
* Felicitas, Kierans *gut aussehender* Kusswunsch
* sehr heiliger Feiertag
* Felicitas, neben der ich doof dastehen würde
* Kierans Mutter und andere Verwandte
* Felicitas, die mich vielleicht gar nicht beachten würde
* selbst keine Verwandte sein
* Felicitas, mit der ich, *falls* sie mich beachtet, reden müsste
* schon jetzt zu viel Unruhe in der Wohnung eines Sterbenden
* Felicitas, vor der ich einfach eine Scheißangst hatte.

Die Stimmen stritten noch, als ich auf der Straße stand. Was zur Folge hatte, dass ich nicht wusste, was ich machen sollte. Was zur Folge hatte, dass ich nicht wusste, wohin mit mir, nach rechts, links oder zurück ins Haus. Was zur Folge hatte, dass sich meine Beine entschieden, über das Absperrgitter vor meinen Füßen und dann in die Grube zu klettern.

Vielleicht erinnerten sie sich an Claire Hummels 3-D-Bild im Hof, an Baustellenlöcher als respektablen Aufenthaltsort.

Vielleicht dachten sie, es müsste was passieren, sobald ich dort unten hockte. Dachten, es würde sich was verändern, sich verwandeln, würde irgendein Wunder geschehen. Nicht gerade ein Osterwunder; zu glauben, ein Toter könnte wieder auferstehen und weiterleben, brachten nicht mal meine Beine fertig, so lang sie auch sind. An dieser Ungläubigkeit änderten auch die Glocken nichts, die gerade schon wieder aus allen Richtungen läuteten. Aber an ein kleines, harmloses Wunderchen für Magali Weill, daran glaubten meine kletternden Beine vielleicht schon.

Zum Beispiel, dass Kieran vor dem Haus auftauchen, mich finden und fragen könnte: »Was machst du da unten?«. Dass er mir verkünden würde, alle Verwandten würden kurzerhand abreisen, Herr Krekeler, Louis und er hätten doch keine Lust auf Besuch beziehungsweise ausschließlich auf Besuch von mir, und halb inzestuöse Küsse kämen für ihn ohnehin nicht infrage. Oder dass das Handy in meiner Hosentasche vibrierte und Cara, Aurelia und Kimberley mir Nachrichten schickten, Feiertagsgrüße, Bilder von gelben, flauschigen Küken, Osterhasen-GIFs, was weiß ich. Dass zumindest meine dämliche Schwester nach Hause käme und sagte: »Hey, Magali, da bin ich wieder, lass uns reingehen, ich hab Lust auf Soleier, außerdem wollen Mama und Papa bestimmt mit uns die Westfalen-Oma anrufen, bevor sie den Lammbraten in den Ofen schieben.«

Meine Beine hatten unrecht. Es geschehen keine Wunder und keine Verwandlungen. Ich hocke nur dort unten und es passiert: nichts. Nicht mal der Bauarbeiter verirrt sich zu seiner Grube und blafft mich an. Es ist fucking Ostern! Einmal höre ich Stimmen auf der anderen Straßenseite, aber die richten sich nicht an mich, wer hält schon nach Mädchen in Bodenlöchern Ausschau?

Das Einzige, was passiert, ist, dass die Stimmen leiser werden. Die auf der Straße und die in meinem Kopf. Erst plaudern sie noch ein bisschen und werfen ein paar Schimpfwörter hin und her, dann geht alles in ein unverständliches Geflüster über und schließlich in Stille. Ich lehne mich gegen die Wand aus Erde, dann wird mir die Hockerei zu unbequem und ich lege mich hin, diagonal, die Knie angewinkelt, feuchte Kühle im Rücken. Schaue eine Weile in den Frühlingshimmel, gucke den Wolken zu, die in Zeitlupe über das verwaschene Blau ziehen, schließe irgendwann die Augen. Sehe noch immer den Himmel, innen an meinen Lidern, einen rötlich geäderten Himmel, sehe dann Formen und Kurven, irgendeine Landschaft, sehe Gesichter aufblitzen und wieder verschwinden, sehe für einen kurzen Moment mich selbst, sehe zwischen allen anderen Magali Weill.

Und dann geschah doch ein Wunder. Dass Snow mich gefunden hat, hätte eigentlich schon gereicht. Es war genug, dass er mich wachbellteheultehechelte, die Vorderpfoten auf das Absperrgitter gestellt.

Snow, mein kleines Wunderchen.

Dass sich am Ende seiner Leine kein Siemerding befand, sondern ein nur noch leicht verpflasterter Kieran Krekeler (und zwar ohne Felicitas im Schlepptau), erschien mir, weggetreten wie ich war, schon fast zu viel. Dass er sagte: »Ach, da bist du!« Dass er erklärte, dass er es erst übers Telefon versucht habe. Dass er dann bei uns geklingelt habe, danach bei den Siemerdings, dass er gefragt habe, ob ich mir Snow geholt hätte, dass er dann samt magalivernarrtem Spürhund losgezogen sei, um nach mir zu suchen.

Ich rappelte mich auf und sah auf mein Handy. Drei WhatsApps. Zwei entgangene Anrufe. »What the –«, sagte ich. »Ist es ernsthaft schon so spät?«

Ich hatte über eine Stunde in der Grube geschlafen. Armes Häschen bist du krank. Meine verknoteten Gliedmaßen fühlten sich beinahe an, als wäre ich es.

Kieran half mir beim Hochklettern. Snow heulte noch immer. Auf dem Bürgersteig blieben österlich gekleidete Leute stehen und glotzten zu uns rüber. Eine Frau wollte wissen, ob ich gestürzt sei, Wunden habe, Kopfschmerzen vielleicht, Übelkeit, ob sie die Polizei rufen solle, ich hätte Anrecht auf Schmerzensgeld, könnte die Stadt wegen fahrlässiger Körperverletzung verklagen, früher oder später hätte ja etwas passieren müssen an dieser Gefahrenstelle, sie werde gerne bezeugen, dass ich Opfer einer unzureichenden Baustellensicherung geworden sei.

»Nein, nein«, sagte ich. Mehr fiel mir nicht ein.

Kieran sagte auch was. Es hatte mit einem angeblichen sozialen Experiment zu tun und führte dazu, dass die Leute ziemlich eilig weitergingen, während Snow heulte und heulte, bis ich meine häschenkranken Arme um ihn schlang und meinen immer noch benommenen Kopf gegen seinen lehnte.

Da ging es uns beiden besser.

Ich blickte wieder auf und klopfte den gröbsten Dreck von meinen Sachen, Snow hob sein Bein und pinkelte gegen das Absperrgitter.

»Kommst du jetzt endlich?«, fragte Kieran.

Ich: »Wohin?«

KK: »Am besten zu dir, dann haben wir unsere Ruhe.«

Ich: »Und was ist mit deinen Verwandten?«

KK: »Was soll mit denen schon sein?«

Ich: »Sie wollen vielleicht Ostern mit dir feiern?«

KK: »Jaja, später wieder, wir haben zu tun.«

Ich: ?

Und KK: »Ich hab einen Philosophen gefunden.«

Achim Engstler (eigentlich Horst Achim Helmut Engstler), geboren 1959, deutscher Philosoph und Schriftsteller
* lebte als Kind an der Nordseeküste
* lebt heute in Hannover (in *Hannover*!)
* raucht auf seinem Autorenfoto Pfeife
* auf einem seiner Bücher ist eine Taube mit umgeschnalltem Fotoapparat abgebildet
* auf einem anderen ein Mann mit einer Tomate als Nase
* auf zwei anderen Franz Kafka
* auf noch einem anderen ein toter Philosoph (Spinoza)
* und eins handelt von einem Henker
* weiß vielleicht was
* weiß vielleicht sogar, wie man lebt

Bevor Mama und Papa merken konnten, dass ich Besuch mitgebracht hatte, saß ich schon mit Kieran an meinem Schreibtisch. Google verriet uns die E-Mail-Adresse des Philosophen Engstler. Es schien ihn tatsächlich zu geben.

»Ich hab ihn gefunden, du schreibst!«, sagte Kieran. »Du bist die Frau mit dem Tagebuch.«

Ich: »Und was soll ich schreiben?«

Er: »Na, was schon!« Womit er nicht unrecht hatte. *Was* war nicht das Problem. Das Problem war *wie*. Schreib mal einem, er soll dir erklären, wie Leben geht. Dazu einem, den du überhaupt nicht kennst und den du dir auch nicht vorstellen kannst, weil du noch nie was von einem Philosophen gehört hast, den es wirklich gibt. Also: noch gibt. Im Gegenteil zu Seneca. Weil er bis jetzt nicht gestorben ist.

Sehr geehrter Herr Dr. Engstler, fing ich an. Danach wurde es schwierig. Ich dachte mehrere Minuten nach, und weil mir immer noch nichts einfiel, schrieb ich: *Wir sind Magali und Kieran.*

KK nickte.

Wir sind dreizehn.

KK nickte wieder.

Wir wohnen auch in Hannover. In der List.

KK protestierte. Er wohne im Wendland, in Hannover sei er nur zu Besuch.

»Das macht doch keinen Unterschied«, sagte ich.

Und er: »Das macht einen riesengroßen Unterschied!«

Also löschte ich *Wir wohnen auch in Hannover* und überlegte wieder. Es dauerte, aber dann kam ich in Schwung.

Wir kennen jemanden, der uns zeigt, wie Sterben geht. Es ist nicht so schlimm, wie man denkt. Es wird alles weniger, jeden Tag ein bisschen. Bis zuletzt nichts mehr übrig bleibt.

Wir kennen aber niemanden, der uns zeigt, wie Leben geht. Jeder macht es irgendwie, keiner richtig. Wie Leute, die zu Hause hocken bleiben, obwohl sie dringend losfahren müssten. Oder wie welche, die in ein Auto mit kaputtem Motor steigen. Oder wie Geisterfahrer, die falsch abgebogen sind, ohne es zu merken, und nicht mehr zurückkönnen.

»Krass!«, sagte KK, vor meinem Laptop hängend. Er fand, ich könne schreiben, und ob ich das wisse.

Ich wedelte ihn zur Seite. Auf einmal wollten so viele Wörter aus mir raus, dass ich kaum hinterherkam.

Wenn der Tod so was ist wie ein Opfer für das Leben, aber keiner weiß, wie er eigentlich leben soll, ist Sterben wohl schlimm. Jedem Tod muss ein Leben gegenüberstehen, ein richtiges Leben, ein lebendiges.

Und weil wir, wie gesagt, jemanden kennen, der das nächste Opfer sein wird, der das sogar sein will, weil er findet, 98 Jahre wären fürs Leben zu lang, müssen wir es wissen. Schließlich sind wir die, die weiterleben. Und es dann vielleicht auch nur irgendwie hinkriegen.

Können Sie uns helfen? Philosophentechnisch?

Viele Grüße und noch fröhliche Ostern,

Kieran und Magali

»Magali und Kieran«, sagte KK.

Magali und Kieran, schrieb ich. Dann schickte ich die Mail schnell ab.

PS: *Fürs Leben zu lang.* WTF! Erst gerade (23:12 Uhr) fällt mir auf, was ich da geschrieben habe.

Ich musste Mama versprechen, nur schnell Hallo sagen zu gehen und sehr bald wieder hochzukommen. Erstens, weil Malve aufgetaucht war, verschlafen zwar, aber leibhaftig (sie hatte angeblich die ganze Nacht getanzt und war gerade erst aufgestanden, verschwand auch demonstrativ im Bad, stellte sich für unbestimmte Zeit unter die Dusche), und nun endlich alle Mitglieder der Familie Weill ihre Zeit zusammen verbringen sollten. Und zweitens, weil das Lamm im Ofen garte und brutzelte und bald verspeist werden sollte.

Mama sagte tatsächlich *verspeist*. Sie lud auch Kieran ein, mit uns zu essen, vermutlich als Zugpferd, das mich schnell wieder nach oben bewegen sollte, aber der wollte sich nicht vor die Kutsche spannen lassen, »Heute nicht!«, wie er sagte, heute esse er mit seiner eigenen Mutter.

Wofür Mama Verständnis hatte, was aber durchaus nicht den Tatsachen entsprach. Nicht nur, weil bei Krekelers, soweit ich es sehen konnte, als ich mit KK unten ankam, gar kein Essen vorbereitet wurde. Sondern auch, weil Kierans Mutter bereits im Aufbruch war. Sie stand im Flur vor dem Spiegel, 1,68 schätzungsweise, weite Hose, knappes Oberteil, Dockercap.

Es war Ostern, sie hatte ihren Sohn besucht, ihren Schwiegervater, die angeheirateten Verwandten, vielleicht sogar ihren Mann, man weiß es nicht, war jetzt aber die Erste, die wieder loswollte, zurück in ihre Kommune, wo, wie Kieran mir zuflüsterte, sicher schon Atle, der Typ aus Linköping, auf sie wartete.

»Tschüss!«, rief sie ins Wohnzimmer, worauf ein vielfaches *Tschüss* zurückkam, zack, ein Kuss auf Kierans Stirn, zack, einen auf meine (Ohne dass sie mich kannte! Sie musste sich dafür sogar auf die Zehenspitzen stellen!), und zack, weg.

»Das war Phoebe«, sagte Kieran.

Ich dachte mir, dass Kierans Mutter eine Person ist, über die man etliches in einem Tagebuch von allen anderen schreiben könnte, wäre sie nicht immerzu *weg*. Vielleicht, dachte ich weiter, könnte man sogar trotzdem über sie schreiben, könnte sich dieses oder jenes über sie ausdenken, zum Beispiel, warum sie Louis geheiratet hat, nachdem er sich schon dreimal scheiden lassen hatte, oder ob sie so was wie *bewusste Elternschaft* betrieb, nur ganz anders als Mama und Papa, auf eine umgekehrte Weise, eine *bewusste Nichtelternschaft*, die genauso bekloppt ist wie ihr Gegenteil.

Noch mehr interessierte mich allerdings eine andere Person, eine, die anwesend war und die ich jetzt kennenlernen musste, koste es, was es wolle. Es drängte mich regelrecht zu ihr hin.

Erst als ich sie zwischen den anderen Verwandten im Wohnzimmer sah, verpuffte das Ganze. Als mir klar wurde, dass die *Gutaussehende* überhaupt nicht gut aussieht. Das heißt, schlecht sieht sie auch nicht aus, sie ist zierlich (1,60 maximal und sehr schlank), hat eine hübsche Nase und eine hübsche Frisur und einen hübschen Busen, soweit man es durch das Shirt beurteilen kann, und nett und freundlich ist sie ganz bestimmt auch. Aber, aber. Langweiliger gehts kaum. Sobald man zur Seite guckt, hat man ihr Gesicht vergessen. Und nicht nur ihr Gesicht. Man vergisst alles, was man bis dahin über sie gedacht hat, befürchtet, gewittert, gebangt.

Ich musste vor Erleichterung lachen.

Alle sahen mich an.

»Das ist Magali«, sagte Kieran.

»Fröhliche Ostern«, prustete ich. Es war mir nicht mal peinlich, auch nicht vor Felicitas, die sagte, Kieran habe schon viel von mir erzählt, worauf ich noch viel doller lachen musste, weil mir beim besten Willen nicht mehr einfiel, was er mir über *sie* erzählt hatte.

KK musste übrigens noch x-mal »Das ist Sowieso« sagen. Casper war da (übrigens in einem ähnlichen Sinn *gut aussehend* wie Felicitas), Sven, Svens Frau, Lysann, ihr Freund beziehungsweise *aktueller* Freund (O-Ton KK), Hyeonjae (das Klammeräffchen), Mirabell und ihre Freundin, und erst, als ich einigermaßen durchblickte, wer wer war, mir alle anguckte, mich selbst angucken ließ, Fragen beantwortete und welche stellte, fiel mir auf, dass Herr Krekeler nicht bei den anderen saß.

»Er ist heute den ganzen Tag im Schlafzimmer geblieben, der alte Sturkopp«, erklärte mir Louis. »Hat die Bude voller Gäste und lässt sich nicht blicken.«

Mir wurde mulmig.

»Geh ruhig nachschauen«, sagte er.

Die Tür zum Schlafzimmer stand halb offen. Herr Krekeler saß im Morgenmantel in einem Fledermaussessel, den ich nicht kannte, weil ich noch nie in sein Schlafzimmer geguckt hatte, auch vorhin nicht, als ich angekommen war und die Tür vermutlich schon genauso halb offen gestanden hatte, ich aber nur ›Felicitas!‹ hatte denken können. So, durch die halb offene Tür, war er bei allem dabei und gleichzeitig nicht dabei, trank Tee aus einer elfenbeinfarbenen Keramikschale, hielt ein mir wohlbekanntes selbst bemaltes Osterei in der Hand, offenbar hatte Kieran es ihm geschenkt, berührte es nur ganz sanft mit den Fingerkuppen, hörte ein bisschen was, sah auch ein bisschen was, sah jedenfalls mich in der Türöffnung stehen.

»Ich wollte nur kurz frohe Ostern wünschen«, sagte ich.

Er lächelte.

»Also: frohe Ostern!«

Er lächelte noch immer.

Eine Weile wartete ich, ob er etwas erwidern würde. Das tat er aber nicht. Er saß nur da und lächelte.

»Meine Mutter drängelt, es gibt bei uns Osterlamm. Morgen komme ich wieder.«

Er lächelte.

Ich lächelte zurück.

Wir lächelten hin und her.

Sein ganzes Gesicht war Lächeln.

»Auf Wiedersehen, Herr Krekeler«, sagte ich.

Er hob die Hand zum Gruß. *HASTA LA MUERTE*, verkündete grinsend in der anderen Hand der mit Lackstift gemalte Totenkopf.

———

Gerade als ich schon das Tagebuch weggepackt hatte, kam Papa zu mir ins Zimmer. Er hatte gesehen, dass noch Licht an war.

»Du hast heute etwas gesagt«, fing er an.

BÄM. Papa, der spricht.

Ich: »Was denn?«

Papa: »Dass wir besser dein Wachstum hätten stoppen sollen, als noch Zeit dafür war.«

Ich versuchte mich zu erinnern. Beziehungsweise mich nicht zu erinnern, um mich erst mal erinnern zu müssen und dadurch Zeit zu gewinnen. Sagte schließlich: »Hab ich das?«

Papa: »Ja. Als es um die Eiersuche ging.«

Ich: »Kann sein.«

Papa: »Das kann nicht nur sein, Magali. Das *hast* du gesagt.«

Ich: »Ja, und?«

Papa: –

Ich: »Warum auch nicht! Immerhin bist du Arzt. Du weißt genau, dass ich viel zu groß bin. Aber du tust so, als wär nichts. Hast immer schon so getan als ob! Nur was Echtes, das hast du nie getan.«

Papa: »Was hätte ich in deinen Augen denn tun sollen?«

Ich: »Irgendwas, damit es aufhört! Es gibt da doch Behandlungen.«

Papa: »Ja, die gibt es.«

Ich: »Und?«

Er: »Weißt du, was das bedeutet? Seinem Kind Hormone zu geben? Oder seine Wachstumsfugen verschließen zu lassen? Einfach in seine Entwicklung einzugreifen?«

Ich: »Na ja, ist vielleicht ein bisschen unangenehm, aber wenigstens effektiver, als sich Gewichte auf den Kopf zu legen, wie Karlie Kloss es gemacht hat.«

Papa: »Wer auch immer Karlie Kloss ist. Aber ich rede nicht davon, dass so eine Behandlung unangenehm ist. Obwohl sie es in der Tat ist, glaub mir.«

Ich: »Wovon redest du dann?«

Papa: »Davon, dass es bedeutet, sein Kind nicht so sein zu lassen, wie es eben ist.«

Ich: –

Papa: »Du bist nicht *zu groß*, Magali.«

Ich: –

Papa: »Du bist ein gesundes, kluges, schönes Mädchen. Wir wollten dich nie anders haben.«

Dann ging er raus.

Ich saß minutenlang unbeweglich da. Holte dann das Tagebuch wieder hervor. Schlug es auf. Schrieb. Schreibe:

Wir wollten dich nie anders haben.

Schreibe es noch mal und noch mal.

Wir wollten dich nie anders haben.

Wir wollten dich nie anders haben.
Wir wollten dich nie anders haben.

Denn das hat Papa gesagt. An dem Ostertag, als er mit mir über meine Größe sprach. Nach dreizehn Jahren und zweieinhalb Monaten.

Mo., 08.04.

Herr Krekeler ist tot.

Wir leben weiter

Di., 09.04.

Ich weiß nicht, wo ich anfangen soll. Vielleicht bei Claire und Joël Hummel, die mal wieder streiten, als wäre nichts geschehen. *Putain! Minable! Ferme ta gueule!*

Vielleicht bei der Mail des Philosophen Engstler, der geschrieben hatte: *Sterben ist ja ein Teil des Lebens.*

Vielleicht auch bei der WhatsApp, die KK mir gestern Morgen geschickt hat: *Komm runter!* Denn im Grunde wusste ich es da schon. Nein, eigentlich wusste ich es schon vorgestern, als Herr Krekeler im Schlafzimmer saß.

Ich wusste es, als ich »Auf Wiedersehen« gesagt hab und er nicht antwortete.

Ich wusste es und wusste es und wusste doch nichts.

Laut Papa muss es mitten in der Nacht passiert sein. Als Louis morgens in Herrn Krekelers Zimmer guckte, war die Leiche im Bett schon starr. Als auch ich endlich aufwachte, Kierans Nachricht las und runterrannte, war sie es erst recht. Da, wo Herrn Krekelers Hände die Matratze berührten, waren sie bläulich verfärbt. Sein Gesicht war blass, aber sonst ganz normal. Die Augen waren geschlossen, der Mund stand ein Stück weit offen und war eingefallen, weil Herr Krekeler kein Gebiss trug. Es befand sich im Behälter auf dem Nachttisch, daneben ein leer getrunkenes Wasserglas.

Ich musste ihn anfassen, um sicherzugehen, dass er nicht

einfach nur schlief. Wäre er noch lebendig gewesen, hätte er sich nach dem Aufwachen rasieren müssen.

Kleine, weiße Bartstoppeln.

Was dann passierte, kriege ich nicht mehr sortiert, alles verschwimmt. Ich weiß noch, dass ich fror, obwohl die Frühlingssonne durchs Fenster hereinschien. Dass ich vor Kälte zitterte. Dass Louis laut und kläglich weinte. Dass Kieran einen Schluckauf hatte.

Dann wieder war Papa da, hatte seine Arztsachen bei sich, schickte Kieran und mich aus dem Zimmer.

Sonst war keiner anwesend, alle Verwandten waren am Abend noch abgereist, wir standen verloren in Herrn Krekelers Wohnung herum, mal hier, mal dort. Standen zwischen den Büchern und Kunstwerken, als hätten wir sie noch nie gesehen, eine ganze Weile auch vor dem Insektenkasten, glotzten die Schaben und Skorpione und Heuschrecken und Falter an, und alles schien fremd zu sein, unheimlich und irgendwie zu groß, wir waren Kinder, die in den Hallen eines Museums verloren gegangen waren, bis Kieran uns schließlich eine Höhle aus dem japanischen Wandschirm baute, darin saßen wir dann und rührten uns nicht.

Später war ich oben, der Bestatter war gekommen und mit ihm die Übelkeit. Mama wollte, dass ich frühstückte oder wenigstens einen Kakao trank, es war schon Mittag. Ich wollte nur Wasser, viel Wasser, konnte gar nicht mehr aufhören zu trinken. Irgendwann schwappte es über, wollte überall gleichzeitig wieder raus aus mir, ich musste pinkeln, musste heulen, rotzte ganze Bahnen von Klopapier voll. Und dann, plötzlich, stand Malve im Bad.

»Komm mal her, Magali«, sagte sie. Half mir, die Hose hochzuziehen, die mir noch immer in den Kniekehlen hing, friemelte den Knopf zu, nahm mich fest in den Arm.

Der Philosoph Engstler hatte schon in der Nacht von Sonntag auf Montag zurückgeschrieben, aber ich entdeckte seine Mail erst am Spätnachmittag. Sie war der Anlass, mich bei Kieran zu melden. Was hätte ich ihm auch sonst schreiben sollen, wie ihn fragen, ob wir uns an diesem Tag noch mal sehen?

Philosophenpost!, schrieb ich also, ohne ihm die Mail weiterzuleiten.

Und KK: *Ich komme hoch.*

Er kam tatsächlich. Und er blieb, über Nacht sogar, wollte nicht wieder runter in Herrn Krekelers Wohnung mit dem leeren Bett und mit dem Geruch nach altem Mann im Laken und vielleicht sogar noch mit dem leer getrunkenen Wasserglas auf dem Nachttisch. Mama brachte ihm die Gästematratze in mein Zimmer. Wenn einer tot ist und man hat die Leiche gesehen, geht alles, was sonst peinlich ist.

Die Mail also: Ich hab sie ausgedruckt, zweimal, habe sie mindestens fünfmal gelesen und stundenlang mit Kieran darüber geredet, abends, als wir im Dunkeln in den Betten lagen. Vor allem über die Sache mit der Wahl, die nur wir Menschen haben. Die Wahl, wie wir leben wollen. Und dass nicht unser Kopf uns sagt, was richtig und was falsch für uns ist, sondern unser Körper.

»Ausgerechnet!«, sagte ich zu Kieran.

Er fand es praktisch, weil man so weniger Arbeit beim Entscheiden habe.

»Du vielleicht«, sagte ich.

KK: »Du doch auch.«

Ich: »Mein Körper sagt mir gar nichts, wenn ich ihn frage.«

KK: »Logisch sagt er dir was.«

Ich: »Aha? Du kennst also meinen Körper?«

KK: »Klar. Er redet die ganze Zeit. Vielleicht hörst du ihm bloß nicht zu.«

Wir sprachen auch darüber, dass Herr Krekeler uns nicht nur gezeigt hatte, wie Sterben geht, sondern genauso das Leben. Weil er ja gelebt hat, bis zur allerletzten Sekunde, elegant und rücksichtsvoll. So rücksichtsvoll, dass er erst gestorben ist, nachdem die Osterfeier zu Ende gegangen war und er niemanden damit störte.

Plötzlich fing Kieran an zu heulen. »Das ist so scheiße!«, rief er. »Dass immer alles zu Ende gehen muss! Alles, was gut ist.«

»Ja. Sogar ein viel zu langes Leben.« Mehr wusste ich nicht zu sagen, nicht zu tun. Ich lag nur da und hörte zu, wie KK um seinen Opa weinte. Dann wusste ich es endlich und tastete nach seiner Hand.

Nein, ich wusste es nicht.

Meine Hand wusste es ganz von selbst.

Sie sagte es mir.

Die Philosophenpost:
Liebe Magali und lieber Kieran,

Mails bekomme ich ja wirklich genug, aber so eine wie eure ist noch nie in meinem Postfach gelandet.

Ihr seid dreizehn und ich soll euch zeigen, wie Leben geht? Richtiges Leben? So eine Art Gebrauchsanweisung geben, meint ihr? Ein Rezept, das ihr nur sorgfältig befolgen müsst, und schon lebt ihr richtig?

Ein Philosoph, meint ihr wohl, der muss so was doch parat haben. Der hat über alle wichtigen Fragen nachgedacht und alle Antworten gefunden. Da muss ich euch leider enttäuschen. Nachdenken tun Philosophen tatsächlich viel, aber akzeptable Antworten finden sie selten. Meistens verstehen sie hinterher nur die Fragen besser. Oder sie verstehen wenigstens, warum wir Menschen uns solche Fragen stellen.

Die Frage nach dem richtigen Leben ist ja auch nur für Menschen ein Problem. Alle anderen Wesen auf diesem Planeten leben einfach. Vögel fliegen, Hunde bellen, Bäume wachsen, Bakterien vermehren sich, Biber bauen Dämme. So sind sie eben, und sie leben, wie sie sind. Eine Wahl haben sie nicht. Bei uns Menschen ist das anders. Wir können selbst entscheiden, wie wir leben wollen. Wir können dies oder das tun, uns so oder so verhalten. Wir haben die Wahl. Wofür sollen wir uns entscheiden? Was ist richtig, was ist falsch? Das sagt einem keiner.

Ich weiß es auch nicht. Als Philosoph habe ich darauf keine Antwort. Sonst hätte ich schon längst ein Buch darüber geschrieben (und das wäre ein Bestseller geworden, garantiert!). Ich glaube, dass das gar keine Sache des Wissens ist. Denken hilft da nicht. Man kann es nur fühlen.

Man muss hinhören, auf die innere Stimme achten, den inneren Kontrolleur, den jeder von uns hat. Tut man das, was für einen richtig ist, stimmt der ganze Körper zu. Man ist im Einklang mit sich selbst, alles wird leicht und selbstverständlich. Tut man das, was für einen falsch ist, wehrt sich der Körper. Der Magen rebelliert, der Nacken ist verspannt, man zieht den Kopf ein, macht die Schultern krumm, wird matt, die Lebensfreude fehlt, man fühlt sich mit sich selbst nicht wohl.

Darauf muss man achten, so schwierig das manchmal auch ist.

Wenn der innere Kontrolleur zustimmt, sollte man den Weg, den man beschritten hat, weitergehen. Erhebt er Einwände, muss man einen anderen Weg einschlagen. Immer wieder. Das richtige Leben gibt es nur von Tag zu Tag.

Ich glaube, das will euch der alte Herr, von dem ihr schreibt, eigentlich zeigen. Sterben ist ja ein Teil des Lebens. Und wenn er euch zeigen kann, wie Sterben geht, zeigt er euch auch, wie Leben geht.

So schwer ist das gar nicht. Mit dreizehn kann man es genauso gut wie mit 98. Das Alter spielt keine Rolle. Hört einfach in euch hinein. Dann wird das schon.

In diesem Sinne, euer
Achim Engstler

Mi., 10.04.

Gestern der ganze Tag, heute der halbe, nichts. Als würde die Welt stillstehen. Bis mir klar wurde, dass *ich* es war, die stillstand, ich hing nur in meinem Zimmer rum, lag auf dem Bett, schrieb Tagebuch, guckte in die Klassengruppe, guckte in die Wikipedia, guckte vor mich hin, hörte durch die Wand der Musik zu, die bei Malve lief, wenn sie zu Hause war und nicht fürs Abi lernte, ging ab und zu in die Küche, aß was, trank was, ging wieder zurück.

Dann, eben, der Hauptschreck. Snow! Ich *wusste* nicht mal, wann ich das letzte Mal mit ihm draußen gewesen war.

Frau Siemerding sah sehr erleichtert aus, als ich klingelte. Snow sah noch viel erleichterter aus. Er wirbelte mir entgegen wie ein Husky-Welpe, leckte mir mit seiner warmen, weichen Zunge Hände, Arme und das Gesicht, leckte mir sogar die Füße durch die Löcher der Sandalen, leckte mir die großen Zehen.

»Jajaja, ich lebe noch«, sagte ich.

Frau Siemerding setzte das Kind, das sie gerade auf dem Arm trug, in einen Korb voller Mützen und Schals und reichte mir die Leine.

»Bis später«, sagte ich und wollte schon losziehen, aber da sagte sie: »Wir haben gehört, was passiert ist, Magali. Es tut mir leid.«

Kurz sahen wir uns an, dann nickte ich und schnalzte nach Snow.

Unterwegs formte sich ein Satz in meinem Kopf. Er wiederholte sich wieder und wieder, veränderte sich noch ein bisschen, zog weitere Sätze nach sich.

Wenn es das richtige Leben nur von Tag zu Tag gibt, schrieb ich auf einer Bank in der Eilenriede an den Philosophen Engstler, *dann ist ein Tagebuch vielleicht ein Anfang. Ich schreibe nämlich eins, über alle anderen und ein bisschen auch über mich selbst. Und Kieran sammelt Leute, die was Besonderes gemacht haben. Aber ich glaube, er macht das nur, um rauszufinden, was er selbst anfangen will. Fürs Erste küsst er Mädchen oder lässt es auch sein. Je nachdem, ob sie schön sind oder nicht. Oder aus sonstigen Gründen.*

Die Sonne schien mir ins Gesicht, die Vögel sangen, es war ein ganz normaler Tag im Frühling. Ich las noch mal, was ich geschrieben hatte, wollte meine Antwort schon absenden, entschied mich im letzten Moment aber doch dagegen. Alles muss der Philosoph Engstler auch nicht wissen. Falls es ihn überhaupt gibt, also wirklich gibt, als lebendigen Menschen, der in Hannover rumläuft und Bücher schreibt und seiner Frau oder Freundin oder wem auch immer Sachen erzählt, womöglich über KK und mich. Stattdessen kopierte ich den Text aus dem Mail-Programm in WhatsApp. Aus *Kieran* machte ich *Du*. Das mit den Mädchen löschte ich, änderte hier was und da was und schrieb was dazu, bis es schließlich ging.

Wenn es das richtige Leben nur von Tag zu Tag gibt, dann ist ein Tagebuch vielleicht ein Anfang. Oder Leute zu sammeln, die was Besonderes gemacht haben. Ich glaube, wir machen so was, um rauszufinden, welche Wege wir selbst einschlagen sollen. Du am besten einen, auf dem du nicht jeden Tag hundert Rollen Hansaplast brauchst!

Kurz darauf KKs Antwort: *Und du einen, auf dem du nicht ständig den Kopf einziehst!*

Ich: *Und du einen ohne Sake!*

KK: *Und du einen ohne Joël!*

Es gab mir einen kleinen Stich, aber es war okay. Nachdem ich Snow zwischen den Ohren gekrault hatte und schon wieder von oben bis unten abgeleckt worden war, schrieb ich: *Wann wird eigentlich dein Opa beerdigt?*

KK: *Gar nicht, aber er wird Ende der Woche verbrannt. Wir nehmen seine Asche mit ins Wendland. Mehr darf ich darüber nicht sagen, Louis plant was Illegales.*

Ich: *Oh Mann, war ja klar.*

KK: *Albert hat es sich selbst so gewünscht. Und schriftlich verfügt.*

Ich: *Echt?*

Und KK: *Echt. Übrigens, hier steht was für dich rum.*

Es ist das »Walddrama« und es befindet sich immer noch unten bei Krekelers, was mit dem Drama zu tun hat, das bei uns deswegen ausgebrochen ist. Herr Krekeler hat mir das Bild vererbt. Ganz offiziell, in seinem Testament.

»**Ein Walddrama**« von Karl Uchermann (eigentlich Karl Kristian Uchermann, 1855–1940, norwegischer Tiermaler)
* Farblithografie von 1895
* vor allem Weiß- und Grautöne, etwas Blutrot
* Motiv: vier Wölfe zerfleischen einen Elch
* Wölfe: gierig, aggressiv, zeigen die Zähne, Elch: hilflos, verletzt, aufgerissene Augen, aufgerissenes Maul, blutet aus Brust und Flanke
* Kulisse: Winterwald (Schnee auf Bäumen, abgebrochene Zweige)
* Rahmen: braunes Holz mit Ornamenten

Außerdem hat Herr Krekeler einen Brief hinten an den Rahmen gesteckt. Kieran überreichte ihn mir.

Für Magali, die alte Wölfe mag, stand mit etwas wackeliger Schrift auf dem Umschlag. Und innen, auf dem Briefbogen aus Büttenpapier: *Liebe Magali! Es war mir eine Freude, mit dir Strawinsky zu spielen. Obwohl es »nur« die Drei leichten Stücke waren, hatte ich dabei Le Sacre du Printemps im Ohr. Es ist uns gelungen, die musikalische Idee zu übertragen, ganz egal, wie oft wir uns verspielt haben.*

Und was habe ich dir gesagt? Nicht jeder Frühling fordert eine Jungfrau als Opfer. Nicht immer reißt der Wolf den Elch. Irgendwann sind auch Wölfe satt. Sie haben so viel Leben in sich aufgenommen, dass sie es anderen überlassen können.

Leb wohl, Magali.
Dein Albert R. Krekeler

Ich heulte, schon wieder. Der arme Snow wurde ganz nass davon.

Nachdem ich mich beruhigt hatte, fragte Kieran, ob er den Brief lesen dürfe, und ich erlaubte es ihm. Er selbst hatte Herrn Krekelers Erstausgabe von Rimbauds *Sämtlichen Dichtungen* bekommen, das leinengebundene Buch, mit dem er im Treppenhaus hockte, als ich ihn zum allerersten Mal gesehen hatte. Außerdem den japanischen Wandschirm, außerdem die afrikanische Skulptur mit dem Penis (kein Kommentar). Den Nagelfetisch bekommt übrigens Louis, weil es ihm laut Testament noch ein wenig an innerer Stärke fehle; den kleinen verstimmten Flügel Phoebe.

Ich finde mein eigenes Geschenk am schönsten. Etwas, das zeigt, wie Leben und Tod zusammengehören.

Eigentlich wollte ich es gleich mitnehmen, aber dann fielen mir die Wände in meinem Zimmer ein und dass das »Walddrama« auf Pastell einfach nur lächerlich aussehen würde.

»Bevor ich das Bild aufhänge, muss ich mein Zimmer neu streichen«, sagte ich. »So ein Gemetzel kann echt nicht auf Lindgrün hängen.«

»Allerdings nicht«, sagte Kieran. »Welche Farbe willst du stattdessen?«

Ich: »Natürlich Weiß.«

KK nickte.

Ich: »Dazu Rot wie Blut.«

KK zog eine Augenbraue hoch.

Ich: »Wie das Leben.«

KK nickte wieder.

Am liebsten wollte ich sofort zum Baumarkt fahren und loslegen. Ich trug das Bild ans Fenster, fotografierte Ausschnitte ab, um die richtige Farbwahl zu treffen, vermaß es mit einem Zollstock, den Louis mir gab. (Mit Rahmen ungefähr 45 × 32 Zentimeter.)

Er sagte, wenn ich wolle, könne ich das »Walddrama« noch bis Freitag in Herrn Krekelers Wohnung stehen lassen, damit beim Streichen nichts drankomme. Dann allerdings finde die Einäscherung statt und im Anschluss seien Kieran und er wieder weg.

Ich versprach, mich schnellstmöglich um alles zu kümmern. Brachte also Snow zu den Siemerdings zurück und rannte nach oben, um Mama und Papa um Hilfe zu bitten.

Und damit fing das Drama an. Man kann es wirklich nicht anders nennen, schon gar nicht *Diskussion*. Denn niemand wollte mir helfen. Schlimmer noch, Mama sagte Nein. Sie wollte weder, dass ich dieses *schreckliche Fabrikat* annehme, noch dass ich dafür Hals über Kopf mein Zimmer verändere.

Sie will, dass ich endlich wieder *normal* werde.

Ihre liebe kleine Magali.

Ihr harmonisches Kind.

Und das war so:

Bei Mama flog schon die Sicherung raus, während sie sich die Fotos auf meinem Handy ansah. Als sie dann auch noch

Zimmer streichen und *blutrot* hörte, ging es los. Streit! Streit mit Magali Weill! Lauter als bei den Hummels! Papa stritt mit, allerdings indem er schwieg. Wäre es nicht Mittwochnachmittag gewesen, hätte er genauso gut in seiner Praxis sein können, es hätte keinen Unterschied gemacht.

»Irgendwann ist es genug!«, rief Mama immer wieder. »Die Sache muss mal ein Ende haben.« Wobei *die Sache* bedeutete, dass Herr Krekeler gestorben ist, *aus einem aktiven Sterbewunsch heraus*, und ich die ganze Zeit mit dabei war. Mehrmals betonte Mama, sie habe von Anfang an kein gutes Gefühl dabei gehabt, mich in diese *düstere Wohnung* voller *wildfremder Leute* gehen zu lassen. Es werde ihr schon bei der Vorstellung mulmig, was ich dort alles zu hören und zu sehen bekommen hätte.

»Und trotzdem hab ich nie was gesagt!«, rief sie. (Was durchaus nicht stimmt. Es stimmt auch nicht, dass ich es mit wildfremden Leute zu tun hatte. Sie selbst hat Kieran ja mehr oder weniger adoptiert!) »Nicht mal ganz zuletzt, als Herr Krekeler –«

»Als Herr Krekeler was?«

Mama winkte ab.

Stattdessen schon wieder: »Irgendwann ist es genug!« Und dass ich diese Eindrücke niemals aus dem Kopf bekommen würde, wenn ich mich jetzt auch noch von morgens bis abends mit diesem Gemälde umgebe.

»Lithografie«, verbesserte ich und erklärte, ich wolle *die Eindrücke* gar nicht aus dem Kopf bekommen. Ich wolle mich an sie erinnern, in allen Einzelheiten. Als Mama das hörte, drehte sie fast durch. »Hast du das gehört, Andreas?«, rief sie. Und: »Sag endlich auch mal was dazu!«

Papa *hatte* es gehört, sagte aber nichts. Worauf Mama noch viel mehr sagte als vorher schon, diesmal an ihn gewandt. Sie sagte es lauter als laut. Man könnte sagen, sie schrie. Ich sei erst dreizehn. Es gebe Grenzen. Sie ständen als Eltern verdammt noch mal in der Verantwortung.

Und das alles wegen eines Bildes. Wegen etwas, das mir gehört und das mir gefällt. Das viel mehr *ich selbst bin* als alles andere, was ich besitze, von meinem Tagebuch mal abgesehen.

Als mir das klar wurde, war ich es, die schrie. Nämlich: »Dann streiche ich eben allein! Es ist mein Zimmer und mein Leben!« Und als Papa mich gequält ansah und irgendwas murmelte, schob ich nach: »Du hast neulich gesagt, ihr wollt mich so, wie ich bin! Aber das hört wohl bei der Körpergröße auf.«

Die regen mich so auf! Wollen, dass ich bin, wie ich bin, und lassen mich nicht so sein. Vielleicht liegt es daran, dass sie selbst nicht so sind, wie sie sind. Weil sie das richtige Leben einfach nicht hinbekommen, ganz egal, was sie versuchen. Geisterfahrer, alle beide! Und jetzt kann ich sehen, wie ich ohne Hilfe klarkomme. Tolle *bewusste Elternschaft!*

Ich muss unbedingt noch was aufschreiben. Es ist spät und morgen muss ich früh raus, aber es geht nicht anders.

Ausgerechnet Malve.

Sie fing mich im Flur ab, nachdem ich mir die Zähne geputzt hatte, und sagte, ich solle mitkommen.

»Warum?«, wollte ich wissen.

Sie gab mir keine Antwort, zeigte nur auf ihre Tür, und da kam ich eben mit.

Keine Ahnung, wann ich das letzte Mal im Zimmer meiner Schwester gewesen war, vermutlich als ich noch klein war und sie mich für irgendein Spiel brauchte, und nun musste ich mich erst mal umgucken.

Ein orangegelbes Wandtuch mit Mandalamuster. Berge von Klamotten auf dem Sessel. Im Regal noch immer ihre Kinderbücher, sortiert nach Farben. Auf den gestapelten Weinkisten ein leicht verstaubter Buddha und ein Quietscheentchen (WTF!), außerdem Stumpenkerzen und ein Räucherstäbchenhalter (zum Glück ohne Räucherstäbchen, die meditative Phase scheint endgültig vorbei zu sein), im einen Fach eine Nagellacksammlung (mehr als zwanzig Sorten), im anderen, an kleine Häkchen gehängt, ihre Ketten, Ohrringe, Armbänder. Auf dem Fußboden: Ladekabel, Bluetoothbox, ihr mit Stickern zugeklebter Laptop. Über dem Bett: Polaroids von irgendwelchen Leuten, die ich nicht kenne. Auf dem Schreibtisch: jede Menge Krimskrams, Zettelchen, ihr Deo. Keine Ordner oder Schulbücher. Dafür ihr Tagebuch, einen Kuli zwischen die Seiten geklemmt.

»Ich schreib auch eins«, sagte ich.

»Hm?«, machte Malve.

Ich: »Ein Tagebuch.«

Sie sah mich an, sah zum Schreibtisch, zuckte mit den Schultern.

»Also!«, sagte sie dann.

Ich wusste noch immer nicht, was sie eigentlich wollte.

Malve: »McV hat ein Auto.«

Ich: »Aha?«

Sie: »Und ein Freund von Maxim, falls du dich erinnerst, kommt billiger an Sachen.«

Ich: »Du meinst –?«

Sie: »Alles in allem vierzig Euro, hast du die? Sonst kann ich dir was leihen.«

Ich: »Hab ich.«

Sie: »Um halb acht kommt McV, der lernt Tischler und kann auch anderen Handwerkskram. Rollen und Filz bringt er mit. Wir müssen nur die Farben besorgen und los. Vielleicht will ja auch dieser Junge helfen, dieser – na, wie heißt der eigentlich?«

Ich: »Kieran.«

Ich: »Krass!«

Sie: »Glaub übrigens nicht, dass ich mir dieses bescheuerte Bild auch nur eine Sekunde angucke. Streichen, und gut ist.«

Echt mal. Ausgerechnet Malve. Meine beknackte Schwester Malve Weill. Ich hab ihr vor lauter Dankbarkeit die Hälfte der Schokoeier abgegeben. Die Siemerdings müssen sich doch an ihre Straußeneier halten.

Do., 11.04.

Eine Viertelstunde Arbeitspause. Nicht wirklich genug Zeit für das Wichtigste, fürchte ich, aber ich fange trotzdem mal an. Und zwar mit

1. Joël Hummel. (So viel muss zu diesem Jungen noch gesagt werden.)

Wir sind ihm nämlich über den Weg gelaufen, Malve und ich, heute Morgen, als wir gerade im Aufbruch waren. Wir hatten eine Transportbox aus unserem Keller geholt und als wir die Kellertreppe hochgingen, kam er gerade auf den Hof.

Tausend Gedanken. Wohin er an einem Ferientag um diese Uhrzeit unterwegs sein könnte. Dass ich ihn leider immer noch wahnsinnig hübsch finde. Dass niemand diesen Gang hat wie er, zögernd und entschlossen zugleich. Und dieses Gesicht. Und diesen Mund. Dass Malve neben mir die Treppe hochstiefelt und mit zwitschernder Stimme irgendwas daherredet. Malve, die alle Jungs bekommt, Malve, die, wenn man mal ehrlich ist, einfach nur schön aussieht. Ungefähr so schön wie Joël, und ich sage das nicht aus sexistischen Gründen. Ich sage das, weil ich plötzlich nervös wurde.

Vielleicht fand sie ihn gut. Vielleicht fand er *sie* gut. Vielleicht war *sie* die Tochter Weill, die er gerne küssen würde!

Was dann geschah, ist schnell gesagt. Joël hastete über den Hof, ohne einen Blick, ohne ein Wort. Malve redete weiter ihre Sätze, die bei genauerem Hinhören alle mit McV zu tun hatten. McV, McV, McV.

Und keinesfalls: Joël.

2. McV. Der eigentlich Veit Machlup heißt. Man kann in gewisser Weise verstehen, dass er sich lieber McV nennen lässt.

Er hat uns also abgeholt. Mit seinem Citroën. Und was soll ich sagen? Er ist nett. Nett und freundlich und extrem hilfsbereit. Und er mag Malve, das ist offensichtlich.

Mir hat er lauter Fragen gestellt. Er fragte *nicht*, wie groß ich sei. Er versuchte auch nicht, mein Alter zu schätzen. Er wollte wissen, ob ich öfter mal was werkle. Welche Musik ich möge. Welche Tiere. Wofür ich mich sonst interessiere.

Dann kutschierte er uns zum Freund von Maxim, aus der List heraus und bis nach Vahrenwald. Dort hat der Maximfreund eine Garage und in der Garage gibt es allen möglichen Kram. Unter anderem Farbe. Richtig gute, wie McV mir bestätigte. Keine, durch die alles durchschimmert.

»Auch kein Lindgrün?«, fragte ich.

»Nee, du«, sagte McV. »Noch nicht mal Lindgrün.«

Er ist wirklich ein netter Typ.

3. Der Maximfreund. Der eigentlich René heißt. Etwas dubios. Redet nur über Geld und irgendwelche Sachen.

4. KK. Er wartete schon im Treppenhaus, auf Höhe der Siemerding-Wohnung. Kaputte Crocs an den Füßen, runtergeranzte Hose, runtergeranztes T-Shirt, ein Pflaster auf der Wange (keine Verletzung, nur ein ausgequetschter Pickel, so seine Auskunft) und startklar zum Arbeiten. Als wir ankamen, fing er allerdings erst mal damit an, dass ich –

Später! Wir streichen weiter.

Geschafft. Die Wände, die McV sei Dank super aussehen, und ich erst recht. Außerdem bin ich quasi obdachlos, zumindest vorübergehend. In meinem Zimmer muss noch alles trocknen (das heißt die Möbel stehen zusammengerückt in der Mitte und alle meine Sachen sind darauf aufgetürmt) und in der Küche oder im Wohnzimmer mag ich mich nicht aufhalten, weil dort in jedem Moment Mama auftauchen kann. Ich weiß nicht, ob wir noch Streit haben. Sie hat uns zwar machen lassen, hat kein Wort mehr über mein Zimmer und das »Walddrama« verloren, aber es ist nichts zwischen uns geklärt. Seit dem frühen Morgen hockt sie im Arbeitszimmer und tut so, als würde sie korrigieren. Hat nicht mal McV begrüßt, obwohl er zum ersten Mal bei uns zu Hause war, und das ist ja nun wirklich unhöflich. Zu Mittag gab es auch nichts, wir mussten uns Pizza bestellen (die großzügig Malve ausgegeben hat, weil ich schon so viele Kosten hatte). Also, kann gut sein, dass Mama und ich noch Streit haben.

Aber ich wollte ja von Kieran erzählen, bei dem ich jetzt auch gerade sitze. Beziehungsweise in Herrn Krekelers Wohnung. Beziehungsweise an seinem Schreibtisch. Vor mir steht das alte Holzkästchen, in dem er seine Patientenverfügung aufbewahrt hatte und auch sein Testament. Ich weiß nicht, ob jetzt noch was drin ist.

Kieran jedenfalls. Er wollte schon heute Morgen, als wir ihn im Treppenhaus getroffen haben, einen Deal mit mir abschließen. »Anstreichen gegen Anwesenheit«, nannte er ihn, und er besagte, dass ich ihn zum Dank für die Schufterei morgen ins Krematorium begleiten soll, damit es dort nicht ganz so trist wird. Gelegenheit, genauer nachzufragen, hatte ich erst nach dem Streichen. Wie die Einäscherung ablaufen solle, wann und wo genau und wer noch alles komme.

»Nur Louis«, sagte Kieran.

Ich war ziemlich schockiert. »Sonst niemand?«

»Hier hatte Albert ja keinen mehr«, sagte Kieran. »Der hat alle seine Freunde überlebt.«

Ich: »Und was ist mit den Verwandten?«

Er erklärte mir, dass die eigentliche Trauerfeier im Wendland stattfinden werde, bei der *illegalen Angelegenheit*, und dann natürlich die ganze Sippe mit dabei sein werde. Die Einäscherung sei nur eine *unangenehme Erledigung*.

»Aber morgen muss doch auch was passieren!«, rief ich.

KK: »Was denn passieren?«

Ich: »Na, was Würdiges! Jemand müsste eine Ansprache halten oder so.«

KK: »Wer soll das denn bitte machen? Louis? Oder ich? Vergiss es.«

Ich wollte es aber nicht vergessen. Ich wollte, dass Herr Krekeler auf die richtige Weise verabschiedet wird. Also sagte ich: »Dann eben ich. Wenn ich mich irgendwo ungestört hinsetzen kann, bereite ich was vor.«

Und KK: »Okay, du bist ja hier die Schriftstellerin.«

Insofern muss ich jetzt schon wieder aufhören mit dem Tagebuch und stattdessen eine Ansprache schreiben. Ich brauche bloß eine Idee.

Mir fällt nichts ein.

Mir fällt immer noch nichts ein.

Am Spätnachmittag schlug Kieran vor, mit Snow rauszugehen. »Schriftsteller sind Flaneure«, sagte er. »Unterwegs siehst du was Interessantes, und dann kommst du drauf, was du schreiben kannst.«

»Na, du weißt ja Bescheid«, sagte ich.

Er fing von Rimbaud an beziehungsweise seinem angeblichen Spezialwissen über Rimbaud, was echt nervte, aber ich hatte natürlich nichts dagegen, mit Snow rauszugehen. Im Gegenteil. Ich wollte nichts lieber, als den Husky bei mir zu haben und ein bisschen frische Luft zu schnappen. Schließlich hatten wir den ganzen Tag im Auto und in Farbdämpfen und Zimmermuff verbracht, während sich draußen keine Wolke am Himmel zeigte und der Frühling regelrecht explodierte.

Wir holten also Snow bei den Siemerdings ab und, nun ja, wir sahen wirklich eine Menge Interessantes. Wovon sich allerdings nichts für eine Trauerrede eignet.

Das Erste, was wir sahen, war der Bauarbeiter. Er hatte die Absperrgitter abgebaut, saß in einem Minibagger und schüttete die Grube wieder zu. Snow knurrte und stieß ein nervöses Bellen aus und Kieran fragte: »Und, was war das jetzt?«

Der Bauarbeiter glotzte nur vor sich hin und lenkte seine Schaufel. Er hatte knallgelbe Micky Mäuse auf den Ohren, obwohl der Bagger durchaus nicht viel Krach machte. Wahrscheinlich wollte er lieber nichts hören. Also zog ich Snow weiter, ohne zu wissen, wohin, und erst an der Ecke drehte ich mich wieder nach Kieran um.

»Eis?«, fragte ich ihn.

»Eis!«, sagte er.

Es war immer noch richtig warm, drüben in der Eilenriede brüllten die Vögel, es duftete und blühte und überall summte was rum. Man *konnte* gar nichts anderes machen, als zur Eisdiele zu gehen. Und da sahen wir das Zweite.

Hausgemachtes Hundeeis, stand dort nämlich auf einer Tafel. *Leberwurst-Zucchini. Rinder-Molke-Creme. Nierchen-Saure Sahne. Hündchen-vegan.*

WTF!

Wir spendierten Snow drei Kugeln, die er augenblicklich verschlang, besonders hastig die Nierchen-Sahne. Selbst nahmen wir jeder nur eine, KK die Leberwurst und ich das Rind. Lecker ist was anderes, muss ich leider sagen, besonders bei Eis (der Verkäufer sah uns auch ziemlich seltsam an), aber KK sagte, man dürfe nichts unversucht lassen in dem einen Leben, das man habe.

Hinterher kauften wir uns noch ein richtiges Eis, gingen damit in Richtung Mittellandkanal und ich dachte mir, dass ich Snow bald mal wieder vors Fahrrad spannen muss, damit er richtig ins Rennen kommt. Je langsamer Herr Krekeler in den letzten beiden Wochen geworden ist, desto weniger Auslauf hat Snow bekommen, dabei ist er ein Husky und kein Hündchen, ganz egal, wie alt er schon ist.

Apropos Auslauf. Unten, am Kanal, sahen wir dann das Dritte. Und das war nun wirklich das Verrückteste von allem. Kieran musste mich mehrmals zwicken und mir bestätigen, dass ich nicht halluzinierte.

Als wir gerade unterhalb der Brücke auf den Uferweg treten, kommt uns nämlich jemand entgegengejoggt. Sehr langsam und mit einem Kopf im selben Farbton wie meine blutroten Wandabschnitte. Er ist so beschäftigt mit seinem Bauch und seiner Raucherlunge, dass er uns gar nicht sieht.

»Papa?«, flüstere ich. Hole dann Luft und will gerade rufen, aber Kieran stößt mir in die Rippen und drängt mich wieder die Steigung zur Brücke hoch.

»Still!«, zischt er. »Sonst tut ers nie wieder.«

Und ich bleibe still. Selbst Snow macht keinen Mucks. Atemlos starren wir auf den Uferweg.

Als Papa unterhalb von uns vorbeiläuft, sieht er noch immer nichts und niemanden. Er quält sich schrecklich und schnauft und stöhnt.

»In die Eilenriede traut er sich wohl nicht«, sage ich, nachdem er unter der Brücke verschwunden ist.

»Nee«, sagt Kieran. »Da laufen nur die, die's schon können.«

»Aber hey!«, rufe ich. »Er joggt!«

Das Fenster war weit geöffnet, die Möbel standen wieder an ihrem Platz.

»Alles trocken«, sagte Mama. »Und ich dachte mir –« Sie war mir in mein Zimmer gefolgt und wedelte mit der Hand herum. »Du bist ja sicher müde.«

Ich wusste nicht, was ich sagen sollte. Stand da und sah mich um.

Es war anders. Es war noch ein bisschen fremd. Die Dämmerung fiel durchs Fenster, verdunkelte das Weiß und tauchte das Blutrot in Grau. Im Hinterhaus war es still. Bei den Hummels brannte schon Licht.

»Bist du denn zufrieden?«, fragte Mama.

Ich drehte mich zu ihr um. Auch sie war fremd, irgendwie.

Mama: »Ihr habt schon gut gestrichen.«

Ich: »Das lag an McV.«

Mama: »Das lag an dir, Magali.«

Ihr Gesicht war auch vom Dämmerdunkel verhüllt. Am liebsten hätte ich sie berührt, aber irgendwie traute ich mich nicht.

»Herr Krekeler sah nicht schrecklich aus«, sagte ich stattdessen. »Er sah *nie* schrecklich aus, Mama, auch nicht, nachdem er gestorben war. Er war immer noch schick.«

Sie schwieg.

»Und weißt du, was komisch ist?«

Sie schwieg noch immer.

»Wenn wir nach draußen gegangen sind, mit Snow, also – Er war ja ein Mann. Herr Krekeler, meine ich. Und er war viel kleiner als ich, fast so klein wie Kieran. Aber neben ihm kam ich mir trotzdem nicht zu groß vor. Manchmal war es fast, als wär ich selbst ein bisschen schick.«

Mama atmete ein. Atmete wieder aus. Atmete eine ganze Weile vor sich hin. Schaltete dann plötzlich das Licht an und fragte: »Wo möchtest du die Lithografie denn aufhängen?«

Ich sagte ihr, ich wisse es noch nicht genau. Entweder neben dem Schrank oder über dem Schreibtisch.

»Und wie wärs hier?« Sie zeigte zur roten Wandfläche am Kopfende meines Bettes. »Dort hast du die erste Morgensonne.«

»Auch gut«, sagte ich.

»Wenn du mich fragst, ideal«, sagte Mama.

Und dann tat ich es einfach doch. Ich ging zu ihr hin und nahm sie in den Arm.

Ich erzählte Mama noch, dass Herr Krekeler morgen verbrannt werde und ich dazu eingeladen sei.

Sie war nicht begeistert, meinte aber, sie sehe jetzt, dass mir das vielleicht helfen könnte, *das Erlebte zu verarbeiten*. Und obwohl ich sie gar nicht um Erlaubnis gebeten hatte, sagte sie, ich dürfe hingehen. (Besser als andersrum.)

Nun bin ich wirklich müde und am liebsten würde ich ins Bett gehen und die doofe Ansprache einfach ungeschrieben lassen.

Wobei *ungeschrieben* nicht ganz stimmt. Ich schreibe ja, die ganze Zeit schon. Seite für Seite, Versuch um Versuch.

Ganze Stapel türmen sich auf meinem Schreibtisch. Aber ich kann es einfach nicht. Kieran hat unrecht, wenn er sagt, ich sei hier die *Schriftstellerin*. Das Einzige, was ich schreiben kann, ist Tagebuch. Hinschreiben, was mir in den Sinn kommt, und fertig. Wenn es dagegen um eine Ansprache geht, bringe ich nur Bullshit zustande:

Herr Krekeler war so einer, den es eigentlich gar nicht mehr gibt ... (Oh, shit!)

Jetzt ist er seiner Annemi gefolgt ... (Ja, und wohin, bitte? Ins ewige Nichtsein?)

Beim Laufen trug er den elegantesten Jogginganzug aller Zeiten ... (Weiß ich denn, ob er ihn nicht auch im Sarg trägt?)

Heute sind nicht viele hier, aber meistens fand er es sowieso am besten, wenn seine Verwandten gerade nicht da waren ... (No!)

Ich hatte lange nicht so gute Osterferien wie die, in denen Herr Krekeler starb ... (No, no, no!)

Das kann man doch alles in die Tonne kloppen! Zerreißen, schreddern, ungesagt lassen.

Bloß, dann hätte Herr Krekeler nichts Würdevolles bei seiner Einäscherung. Er hätte nur Louis und Kieran und mich.

Nur Louis, KK und mich und vielleicht –

Vielleicht noch mehr? Vielleicht alle, die ihn hier kannten?

Ich weiß nicht, ob das funktioniert. Ich weiß nicht, ob ich sie zusammenbekomme, freitagnachmittags um drei. Aber es wäre auf alle Fälle würdevoller, wenn jede Person aus dem

Haus auch nur ein einziges schönes Wort mitbringen würde, als wenn Magali Weill eine hundertseitige, missratene Ansprache hält.

Mama und Papa waren noch im Wohnzimmer. Papa trank Rotwein über dem *Lancet Journal*, knabberte Salzstangen und Mama räumte Regalschubladen auf. Nach Streit sah es nicht mehr aus zwischen ihnen, nach Frieden allerdings auch nicht. Eigentlich war es dasselbe wie immer: Mama und Papa, die nicht wissen, worüber sie reden sollen. Nicht mal Malve lieferte ihnen ein Thema, sondern war gleich nach dem Streichen verschwunden.

Aber als ich meine Eltern jetzt fragte, ob sie nicht morgen mit ins Krematorium kommen wollten, um Herrn Krekeler zu verabschieden, wechselten sie doch einen Blick.

»Ich bin mir nicht sicher«, sagte Mama. »Dass du zur Einäscherung gehen möchtest, ist ja nachvollziehbar, Magali. Aber *wir* sind dazu nicht eingeladen.«

»Na und?«, rief ich.

Mama: »So was geht nicht. Wir kannten seine Familie doch überhaupt nicht. Und Herrn Krekeler auch nicht.«

Ich: »Ihr habt mit ihm in einem Haus gewohnt!«

Mama: »Wir kannten ihn trotzdem nicht, so traurig das vielleicht sein mag. Und es lässt sich auch nachträglich nicht ändern. Manchmal ist das einfach so. Man lebt jahrelang unter einem Dach und kriegt trotzdem nichts voneinander mit.«

Ich seufzte. Sagte: »Wie kann man nur so doof sein! Ihr tut doch sonst immer so, als hättet ihr den Überblick. Und hättet zu allem und jedem was zu sagen.«

Da legte Papa das *Lancet Journal* auf den Couchtisch und spülte mit einem Schluck Rotwein runter, was sich noch in seinem Mund befand. »Ich tue nicht so«, sagte er. »Und ich kenne auch nicht alles und jeden. Aber was Herrn Krekeler betrifft – *ihn* kannte ich, zumindest ein bisschen. In letzter Zeit habe ich mich ein paar Mal mit ihm unterhalten, mit ihm und auch mit Louis, und ich habe am Montag seinen Totenschein ausgestellt.«

Mama starrte ihn an.

Papa: »Ein sehr angenehmer Mann. So wie er würde man gerne alt werden.«

Mama starrte noch immer.

Und Papa: »Ich komme morgen mit. Wäre schön, wenn du uns begleiten würdest, Kristin.«

Und Malve jetzt auch.

Komme, hat sie geschrieben.

Und eine Minute später: *McV bringt mich hin. Bis morgen!*

Vielleicht klappt es ja doch.

Schlafen!

Fr., 12.04.

Um sechs aufgestanden, um alle Nachbarn vor der Arbeit zu erwischen. Wenn das so weitergeht, wird mir die Schulzeit wie Ferien vorkommen.

Mein Tagebuch hat nur noch achtzehn und eine halbe freie Seiten. Mama und Papa müssen mir bald ein neues schenken. Gerne auch ohne Goldschnitt und Lesebändchen.

Cara hat mich um 0:54 Uhr zu einer WhatsApp-Gruppe hinzugefügt. Aurelia, Kimberley und sie – und jetzt auch ich. Schreibt: *Hallihallo, Magali! Hoffentlich hattest du schöne Ferien. Montag gehts wieder los.* (Sechs schlecht gelaunte Emojis.) *Ich hab mich gerade gefragt, ob wir irgendwas machen mussten?*

Kimberley (0:55): *Was vorbereiten?*

Aurelia (0:55): *Was lesen?*

Cara (0:56): *Falls ja, weißt du, was drin steht?*

Übernachtungsparty, klarer Fall. Sie hätten auch gleich von einem einzigen Handy aus schreiben können.

Oliver guckte mich an, als hätte er mich noch nie gesehen. Vielleicht hat er das auch nicht, jedenfalls nicht richtig, und mir bei irgendwas zugehört hat er sowieso nicht. Ich hatte ja auch nie was erzählt.

»Hab ich noch gar nicht gewusst, dass der alte Mann gestorben ist«, sagte er nun, nachdem ich um Punkt halb sieben geklingelt und auf der Fußmatte meinen Text aufgesagt hatte. »Wie kann das denn sein, dass wir nichts davon –« Drehte sich um und rief dorthin, wo in unserer Wohnung das Badezimmer ist: »Caro, kommst du mal?«

Carolin kam mit verquollenem Gesicht in Panty und Schlafshirt in den Flur. Als sie hörte, worum es ging, wurden ihre Augen schlagartig groß. »Ist er hier im Haus gestorben?«, wollte sie wissen. »Wie lang hat er denn in seiner Wohnung gelegen, bevor –« Händeringen.

Offenbar hatten Oliver und sie rein gar nichts mitbekommen. Nichts von Louis und Kieran, nichts von all den Verwandtschaftsbesuchen in der Etage unter ihnen und schon gar nichts vom Bestatter, der Herrn Krekeler am Montagabend mit dem Leichenwagen abgeholt hatte.

»Mann, Mann, Mann!«, sagte Oliver.

»Da sagst du was«, sagte Carolin.

Dann schwiegen sie und starrten vor sich hin.

»Also heute um drei«, sagte ich.

Sie konnten für nichts garantieren, versprachen aber, es zu versuchen.

Ich: »Falls ihr kommt, bringt ein Wort mit.«

Oliver: »Ein was?«

Ich: »Na, ein Wort.«

Carolin: »Wir könnten auch irgendwas zu essen –«

Ich: »Nur ein nettes Wort!«, machte auf der Fußmatte kehrt und ging weiter.

Bei den Siemerdings öffneten mir Herr Siemerding und drei der Kinder. Eins davon war das Kind, das ich zu den

Krekelers mitgenommen hatte, und als es mich sah, hängte es sich sofort an mich dran.

»Nee, nee«, sagte ich. »Das geht jetzt nicht.«

Herr Siemerding: »Du möchtest vermutlich –«, öffnete eine Tür und blickte sich um. »Snow? Wo ist denn –«

Er glaubte ernsthaft, ich hätte morgens um Viertel vor sieben geklingelt, um mir den Husky auszuleihen! Inzwischen hatte ich das Gefühl, um diese Uhrzeit stünden sämtliche Bewohner unseres Hauses unter Drogen.

»Nicht!«, rief ich, ehe er weitere Zimmer öffnen und Snow in falsche Hoffnungen versetzen konnte. »Gerade hab ich keine Zeit.« Dann sagte ich, gegen das Genöle der Kinder anredend, von denen immer noch das eine an mir klettete, worum es ging.

»Ach, die Sache mit Herrn Krekeler«, kam es von Herrn Siemerding – und auf einmal war er da. Zack, kuriert, völlig clean. »Heute wird er also kremiert, der Gute.«

Und als ich erklärte, dass er einen würdigen Abschied benötige, hatte ich ihn sofort mit ins Boot geholt.

»Verlass dich auf mich«, sagte er und pflückte das Klettenkind von meinem Bein. »Wir kriegen das schon irgendwie organisiert.«

In mir meldete sich zwar leiser Zweifel, aber mehr konnte ich an dieser Stelle nicht tun. Ich konnte nur noch zum Hinterhaus rübergehen. Konnte all meinen Mut zusammenkratzen. Und weitermachen.

Das Hinterhaus hört für mich im Erdgeschoss auf. Weiter oben wohnen wechselnde Leute in Miniwohnungen, im Moment, soweit ich es durchschaue, ein Typ in Zimmermannshosen, ein älterer Mann, der so nuschelt, dass niemand ihn versteht, eine Studentin, irgendeine andere Frau, ein anderer Mann. Ich weiß nicht mal, wie sie heißen, und sie wissen nicht, wie ich heiße. Vielleicht sind es auch schon wieder andere.

Für mich also ist da nur das Erdgeschoss, die Hummel-Etage, denn obwohl Claire und Joël nur in der einen der beiden Wohnungen leben, gehört dort alles ihnen. Solange ich denken kann, zieht neben ihnen niemand ein, und mit der Zeit haben sie sich mit ihren Sachen über den ganzen Treppenabsatz ausgebreitet.

Zwischen diesen Sachen also, zwischen Kübeln mit Pflanzen und Gießkannen, Kreideeimern, einem Korbstuhl, einem Diabolo-Spiel und mehreren Paar Schuhen stand ich nun, mein Finger näherte sich der Klingel, blieb in der Luft hängen, rührte sich nicht mehr.

Mir war flau. Was tat ich hier? Wollte ich allen Ernstes bei *Joël Hummel* läuten?

Um ein Haar wäre ich wieder gegangen. Aber dann fiel mir ein, dass es nicht um Joël ging oder um mich, sondern um wichtigere Dinge. Und nun drückte ich so hastig auf die Klingel, dass gleich ein doppeltes Läuten dabei rauskam.

Was folgte, waren verschiedene Rufe auf Französisch. Dann Rumpeln, Flüche, und schließlich wurde die Tür aufgerissen.

Wer wagt es?!, fragte Claire Hummels Blick.

»Entschuldigung«, sagte ich leise. »Ich –«

»Ach, du bist das, Magali«, sagte sie und es klang, als würde aus einem zu prall aufgeblasenen Reifen die Luft abgelassen. »Was gibts?«

Ich: »Es geht um Herrn Krekelers Einäscherung«, und danach wurde es leichter.

Sie war interessiert. Sie fragte nach. Am meisten nach Louis, der es ja *nicht leicht gehabt* habe mit seinem Vater, sich jahrzehntelang vergeblich an ihm *abgearbeitet* habe, der ihn aber sicher sehr geliebt habe und nun in einem *tiefen Trauerprozess* stecke.

Ich konnte nur staunen.

»Wir kommen!«, sagte sie entschieden. »Selbstverständlich kommen wir«, und dann –

Dann rief sie nach Joël. Irgendwas mit *Dépêche toi!* und *Au plus vite!* und *C'est Magali Weill!*, und nun wurde mir doch wieder flau. Es gab nur zwei Möglichkeiten. Entweder er würde die Aufforderung komplett ignorieren oder er würde vor lauter Genervtheit ausrasten.

Aber Joël Hummel ignorierte nichts und rastete nicht aus, sondern kam nach kurzem Stöhnen aus seinem Zimmer geschlurft. Kam weiter zur Tür. Umfasste seine Ellbogen, nickte mir zu.

Er konnte mich tatsächlich sehen.

»Wir fahren heute ins Krematorium«, verkündete Claire und dann musste ich noch mal alles erklären.

Er hörte mir tatsächlich zu.

»Jeder bringt ein Wort mit«, sagte ich zuletzt.

Und Claire (warnend): »*Toi aussi, si c'est (…) de dire!*«

Er zuckte mit den Schultern, sagte: »Okay!« und »Bis dann!« und verschwand wieder in seinem Zimmer.

Er hatte tatsächlich mit mir geredet.

Vor Verblüffung hätte ich mich fast auf den Korbstuhl neben der Wohnungstür gesetzt. Claire versprach mir, die anderen Leute im Hinterhaus zu informieren, sie glaube zwar nicht, dass jemand Interesse habe, aber man wisse ja nie. Dann sagte sie, ich solle einen ordentlichen Kaffee trinken und frühstücken, große Mädchen hätten oft zu niedrigen Blutdruck und ich sähe aus, als würde ich jeden Moment umkippen.

WhatsApp von Kieran. Er ist sauer. Was mir einfalle, einfach die Hummels ins Krematorium einzuladen. (Claire hat wohl gefragt, ob Joël und sie in Louis' Auto mitfahren können.)

Ich hab geantwortet, dass noch mehr Leute kommen.

Ewig vor dem Kleiderschrank gestanden. Ich hab nichts anzuziehen. Oder sagen wir es mal so: Ich habe nichts Schwarzes anzuziehen. Braucht man das bei einer Einäscherung? Was Schwarzes?

Malve ist doch noch mal nach Hause gekommen, weil ihr eingefallen war, dass sie sich auch noch umziehen muss, und hat mir ein Oberteil geliehen. Die Ärmel sind eine Spur zu kurz, aber es geht. Anthrazit melierte Wolle, viel zu warm, dafür zum Zuknöpfen beziehungsweise Offenlassen. Darunter ziehe ich ein ganz normales T-Shirt an.

Malve selbst hielt sich alle möglichen Sachen vor den Bauch und fragte mich, wie ich sie fände.

»Den hier ziehe ich am nächsten Dienstag an«, sagte sie bei einem schicken rostbraunen Blazer, von dem ich nicht mal wusste, dass sie ihn besitzt.

Ich: »Und den trägst du bei einer *Klausur*?«

Sie: »Nee, nee, die fangen erst Mittwoch an. Ich meine Dienstagnachmittag.«

Ich: ?

Da hat sie mir was anvertraut. Erzählt mir quasi im Nebensatz, dass sie ein Vorstellungsgespräch hat. Für einen Ausbildungsplatz. Zur Feinmechanikerin. Und wenn sie den kriegt, ist es laut meiner Schwester völlig egal, was bei ihren Abiprüfungen rauskommt. Dann kann sie sich da reinsetzen und machen, was sie will. Total relaxed.

Ich: »Wissen Mama und Papa das?«

Malve: »Nur McV.«

Ich: »Und jetzt auch ich.«

Malve: »Du weißt ja eh immer alles, Magali.« Und hängt mir das anthrazitfarbene Oberteil einfach über den Kopf.

Kein weiteres Wort von KK. Ich glaub, ihn lass ich besser auch in Ruhe. In anderthalb Stunden brechen wir auf. Bis dahin kriegt er sich hoffentlich ein.

Was die Fahrt betrifft, ging es drunter und drüber. Erst rief Papa an und sagte, er müsse seine Sprechstunde überziehen, wir sollten unabhängig von ihm losfahren, er käme von der Praxis aus nach. Und gegen zwei klingelte McV durch und sagte, er stehe im Halteverbot, wir sollten möglichst schnell runterkommen. Da stand aber auch Mama schon mit ihrem Autoschlüssel vor der Wohnungstür parat und war total überrumpelt, als Malve neben ihr ins Handy sagte, wir würden uns beeilen.

»Was macht der denn schon wieder hier?«, fragte sie.

Malve: »Ähm, mich begleiten? Weil er mein Freund ist?«

Mama holte Luft.

Malve: »Und er bietet an, auch Magali und dich mitzunehmen. Nette Gelegenheit, um wieder gutzumachen, dass du ihn neulich, als wir gestrichen haben, total geschnitten hast, findest du nicht auch, Mama?«

Was beinah eine *Diskussion* auf der Treppe losgetreten hätte. Mama war nämlich der Meinung, sie hätte niemals jemanden geschnitten, sondern allenfalls *konzentriert gearbeitet*, und sie hätte auch gar nicht gewusst, dass der *freundliche junge Mann* jetzt fest mit Malve zusammen sei. Aber, das sagte sie ebenfalls, wenn er uns im Auto mitnehmen wolle, bitte sehr, liebend gern, dann könne sie sich noch mal kurz entspannen. Unten, beim Auto, begrüßte sie McV auch wirklich herzlich.

Während der Fahrt hielt sie sich allerdings die ganze Zeit am Seitengriff fest. So richtig entspannt sah das nicht aus. Obwohl niemand so smooth fährt wie Veit Machlup mit seinem Citroën.

Kieran fing mich vor dem Eingang ab. Schwarze Hose, neue neonorange Schnürsenkel, kein Pflaster. »Die anderen warten drinnen«, sagte er zu Mama, und die verstand zum Glück den Wink und ging mit Malve und McV ins Gebäude.

Es hätte ausgesehen wie ein Firmengebäude, Büros, Lagerhallen, all so was, hätten nicht an der Hinterseite drei lange Schlote in die Höhe geragt. Gerade stieg nichts daraus auf und die Sonne leuchtete im blanken Metall, aber man konnte bei ihrem Anblick keine Sekunde vergessen, worauf sie warteten.

»Dein Ernst?!«, rief Kieran, kaum dass wir allein waren. »Ich lade dich ein, dabei zu sein, und dann rennst du zu Joël Hummel, um ihn mitzubringen? Oder noch schlimmer: mir aufzudrücken? Denn rate mal, wer sich im Auto mit ihm unterhalten durfte, während mein Vater von Claire belagert wurde!«

»Ich bin zu allen gegangen«, verteidigte ich mich.

»Zu *allen*!«, rief Kieran. »Und was soll das geben, wenn *alle* zur Einäscherung von meinem Opa kommen?«
Ich sah ihn an.
Ich sah ihn lange an.
»Würde«, sagte ich dann.
Und er: »Jetzt komm! Es geht bald los.«

Vor der Tür zum Abschiedsraum blieb Kieran noch mal stehen. Er schien einen Moment nachzudenken, dann drehte er sich zu mir um. »Wusstest du, dass Joëls Vater eine Handyklinik hat?«, fragte er. Und erzählte, dass Joël Hummel die ganzen Ferien über dort gejobbt habe, Akkus austauschen, Displays reparieren und dergleichen.

Mir klappte die Kinnlade runter. Joël. Gejobbt. Bei seinem Vater. (Dem Testotypen! Dem Kleine-Kinder-Verklopper! Dem Brutalen!)

KK: »An manchen Tagen schmeißt Joël den Laden sogar allein. Nicht schlecht, oder?« Er drückte die Klinke und zog die schwere Tür auf.

»Nee, nicht schlecht«, murmelte ich. Und, mehr zu mir selbst: »Ich dachte immer, er ginge woanders hin.«

Es war ein ganz normaler Raum, mehrere Polsterstühle, Tischchen, Pflanzen, sogar eine Zweisitzercouch. Wär da nicht das geschwärzte Fenster gewesen und Louis' schneeweißes Gesicht über dem dunkelgrauen Beatles/Stones-T-Shirt, hätte man wieder denken können, man käme in den Vorraum zu einem Büro.

Joël hing auf einem der Stühle, alle anderen standen herum, flüsterten miteinander oder schwiegen vor sich hin. Wobei *alle anderen* Mama, Claire Hummel, Malve, McV und Carolin waren. (Carolin hatte doch etwas zu essen besorgt, Fingerfood, irgendwelche Spießchen und Tartelettes, die aber niemand haben wollte.)

Kaum war die Tür hinter Kieran und mir zugefallen, ging sie wieder auf.

Papa. Ziemlich abgehetzt und verschwitzt, aber zumindest nicht mehr im Arztkittel. Im Gegenteil, er trug seinen besten Anzug, Einstecktuch inklusive. Ich glaube, ich hab ihn noch nie so schick gesehen, Schweißperlen hin oder her. Mit schlecht unterdrücktem Schnaufen ging er zu Louis, um ihm die Hand zu geben. Dann begrüßte er McV (Erstbegegnung! Im Krematorium!), danach Claire und Carolin, der Rest erhielt nur ein Nicken.

Kurz darauf kam Oliver mit einem Rolltop-Rucksack und zwei Mappen unter dem Arm reingeplatzt, schwarz und grau gekleidet, wechselte aber trotzdem mit einigem Rumgewühle seinen Pulli, war dann ganz in Schwarz.

Kieran verdrehte die Augen. Louis sah auf seine Armbanduhr. Claire Hummel stellte sich zu ihm und berührte seinen Arm.

Ein paar Minuten passierte gar nichts. Alle guckten durch

die Gegend, in die Pflanzen, auf ihre Schuhspitzen. Um das Fingerfood kreiste eine Fliege.

Dann, plötzlich, wurde die Scheibe durchsichtig und gab den Blick in eine Halle frei. Auf einer Eisenschiene stand der Sarg, dahinter lag, noch dunkel versperrt, der Zugang zum Ofen. Louis wurde noch weißer.

Papa räusperte sich, schien Anlauf zu nehmen, innerlich, sagte dann aber nichts. *Keiner* sagte was. Jeder schien zu warten, dass ein anderer den Anfang machte. Oder vielmehr: dass *ich* den Anfang machte, ich, die alle hierherbestellt hatte und dafür hatte sorgen wollen, dass aus einer *Erledigung* so etwas wie eine Feier wurde. Aber auch ich kriegte nichts raus. Kein einziges Wort. Mir wurde elend, von den Fußsohlen bis in die Kopfhaut, 1,82 Meter Unwohlsein. Es war nicht würdevoll. Es war einfach nur peinlich. Und ich hatte das Gefühl, alles, was ich jetzt noch machen, was ich sagen oder nicht sagen konnte, würde es noch peinlicher machen. Magali Weill hatte sich was ausgedacht und Magali Weill vermasselte es.

Da ging die Tür auf. Ich hatte schon nicht mehr damit gerechnet, hatte ehrlich gesagt *nie* damit gerechnet, dass die Siemerdings kommen würden. Aber sie kamen, mit eins, zwei, drei, vier Kindern, vielleicht auch mit fünf oder sechs, sieben sind ebenfalls möglich, man kann es einfach nicht überschauen. Jedenfalls kamen sie mit Gequengel und Gewusel und aller Unruhe, die sie hatten mitbringen können. Und sie kamen mit Snow. Dem Liebsten und Besten und Klügsten.

Denn Snow war es, der im allgemeinen Chaos als Erster bemerkte, dass in der Halle etwas vor sich ging. Er sprang zum Fenster, sprang daran hoch, stand mit an die Scheibe gestemmten Vorderpfoten da.

Und da sah ich es auch. Alle sahen es. Die Schiene wurde angehoben, der Sarg auf die Öffnung zugeschoben. Mit einer einzigen Bewegung ging die Ofenwand auf und im selben Moment, in dem grell die Flammen hervorloderten, bellte Snow. Er bellte, als der Sarg ins Feuer gefahren wurde, bellte, als die Ofenwand wieder zufiel, und heulte dann sein klagendes Wolfsgeheul. Louis heulte mit. Auch die Siemerding-Kinder wurden angesteckt und begannen lauthals zu weinen, jedenfalls die meisten von ihnen. Eins saß mitten auf dem Fußboden und schob seine Holzlokomotive herum. Es war mein kleines Klettenkind, ganz für sich allein.

»Schuk!«, sagte es.

Einfach so.

»Schuk!«

Und plötzlich war es ganz leicht.

»Jaja, *tschuk-tschuk!*«, sagte ich und nahm das Kind samt Lok auf den Arm. »Das hat er dir beigebracht, der alte Herr Krekeler.«

»Mir hat er mal gesagt, man muss sich die wichtigen Dinge selbst beibringen«, erwiderte Kieran, und dann sagte Papa endlich was, dann Mama, dann einer nach dem anderen, und während das Fenster sich wieder verdunkelte, füllte sich der ganze Raum mit schönen Wörtern.

    Jogginganzug   Wolf

                   Papa

    Albert R.   tschuk

                      elegant

Jahrhundert

                               Nachbar

   Sturkopp

                                           zurückhaltend

           Opa

                           apparence

   dazugehörig   virtus

Frühling   Leben

               Guten Tag, Magali

Noch fünf Seiten. Ich muss aufpassen, dass ich sie für das Wichtige nutze, das Interessante, das, worauf es ankommt. Nicht nur aus Platzgründen. Man muss immer darauf aufpassen, bei dem, was man über alle anderen schreibt (oder über sich selbst), bei den Wörtern, die man zu ihnen sagt (oder zu sich selbst), im Leben, das man mit ihnen lebt (und natürlich mit sich selbst, als dieses immergleiche Ich, Ich und wieder Ich).

Dass wir heute Nachmittag doch noch den Fingerfoodkram gegessen haben, weil es ewig dauerte, bis die Verbrennung abgeschlossen war und Louis die Urne mit der Asche überreicht bekam, spielt zum Beispiel keine große Rolle. Auch nicht, dass Joël Hummel eher aufgebrochen ist, weil er noch irgendwohin wollte, zu seinem Job, zu einem Mädchen oder wohin auch immer. Für mich macht es keinen Unterschied, man könnte sogar sagen: Es ist mir schnuppe. Nicht mal der Platz, der dadurch bei Louis im Auto frei wurde und zu einer Umverteilung bei der Rückfahrt führte, ist von Bedeutung. Vielleicht werde ich irgendwann mal in der Wikipedia lesen, was Joël Hummel so macht. Vielleicht auch nicht.

Viel wichtiger ist das »Walddrama«, das ich heute noch abgeholt habe und das nun über meinem Bett hängt. Und dass Papa mir geholfen hat, es aufzuhängen. Dass selbst Mama meinte, es mache sich gut auf dem roten Hintergrund (»Und noch besser, wenn es dich glücklich macht!«), und dass Malve es sich trotz gegenteiliger Aussage angeguckt hat, bevor sie sich in ihr Zimmer verdrückt hat, wo sie dringend irgendwas mehr oder weniger Denkwürdiges in ihr Tagebuch schreiben wollte. Dass ich den Eindruck habe, mit dem Bild wär etwas Schönes in mein Zimmer eingezogen, so brutal es auch ist, etwas, das »Guten Tag, Magali« flüstert, sobald ich es ansehe, und dabei wirklich mich meint.

Aber der Reihe nach. Das Wichtige und Interessante, das zuletzt ins »Walddrama« an meiner Wand mündete, ging ja schon vor dem Haus los, dort, wo die Baugrube nur zur Hälfte zugebaggert ist und wieder die Absperrgitter aufgestellt sind und wo nach dem Heimweg alle aufeinanderstießen. Auf mich stieß vor allem Snow, mit Fell und wedelndem Schwanz und Zunge und feuchter Husky-Nase. Magali plus Straße, das ist für ihn eine Verheißung, und das zeigte er so deutlich, dass alle lachen mussten. »Morgen darfst du rennen«, flüsterte ich ihm ins spitze, weiche Ohr. »So richtig!«

Carolin wollte noch wissen, was mit Herrn Krekelers Sachen passieren wird und mit seiner Wohnung, und Louis erzählte, dass sein Vater sich seit Jahren um alles gekümmert habe. Einige Kunstwerke gingen an die Verwandtschaft, etliche an ein Archiv, die wichtigsten Bücher an ein Antiquariat, der Rest in den Müll (wohin die Encyclopædia Britannica kommt, hat er nicht erwähnt), die Wohnung werde verkauft, der Makler sei bereits beauftragt.

»Ende des Monats komme ich noch mal her und wickle die letzten Dinge ab«, sagte er. »Aber viel Arbeit hat er mir nicht überlassen. Er hatte ja immer schon Zweifel an meiner Kompetenz.«

»Ich glaube eher, er wollte dich nicht belasten«, sagte Claire Hummel. »Der hat alles besenrein hinterlassen, damit du dich um deine eigenen Angelegenheiten kümmern kannst.«

»Oder so.« Louis lächelte ihr zu und ging dann einfach ins Haus.

»Komm mit«, sagte Kieran.

Und ich kam mit.

Sie hatten schon gepackt und alles im Flur bereitgestellt. Koffer, Reisetaschen, einen Teil der Erbstücke. Nun kam noch die Urne dazu und Kieran reichte mir das »Walddrama«, das in ein altes Handtuch eingeschlagen war. Es roch seifig und ein bisschen ranzig wie alles aus Herrn Krekelers Wohnung und plötzlich wurde mir klar, dass es das nun war.

Bald würde nichts mehr so riechen. Ich würde auch nicht mehr hierherkommen und Kieran wäre wieder in seiner Kommune im Wendland. Die Schule würde wieder losgehen, die alten Tagesabläufe zurückkommen (Schule, Hausaufgaben, bisschen Klavierüben, bisschen Rausgehen, Schlafen) und irgendwann würden im Haus neue Nachbarn einziehen.

Aber, dachte ich, man kann bei all dem auf seinen Körper hören. Man kann tun, was er einem sagt, ganz egal, wie lang er ist, damit man die Dinge nicht *irgendwie* macht, sondern richtig. Und als ich noch mit KK im Flur stand, sagte er mir, wie ich mich von ihm verabschieden sollte.

Natürlich reichte Kieran mir kaum über die Schulter. Er hatte plötzlich ein Pflaster am Ohrläppchen (WTF!) und unter seiner schwarzen Krematoriumshose guckten die üblichen Tennissocken hervor. Er war mir so oft auf die Nerven gegangen in den letzten zwei Wochen, er hatte sich mit Sake betrunken und Machosprüche gemacht und um ein Haar hätte er Snow vergiftet. Er fand seine Nichte Felicitas schön (Halbnichte) und würde sie wahrscheinlich bei der *illegalen Angelegenheit* doch noch küssen. Aber mein Körper sagte es mir trotzdem und ich tat, was er von mir wollte. Stellte das Bild ab und nahm Kierans Gesicht in beide Hände. Legte die Daumen unter seine Kieferknochen und drehte es zu mir hoch, bis sein Kopf im Nacken lag und er mich ansehen musste.

Ich: »Du musst schon ein bisschen mitmachen!«
KK: »Du bist ja verrückt!«
Ich: »Nicht halb so verrückt wie du!«
KK: »Auf so abwegige Ideen komme *ich* jedenfalls nicht!«
Und dann küssten wir uns zum Abschied. Ohne Wenn. Ohne Aber.
Ich ihn und er mich.

―

Es geht ganz einfach. Erst berühren sich die Lippen, dann knabbern und saugen sie ein bisschen aneinander, und irgendwann ist da auch die Zunge. Besonders toll ist es nicht, aber auch nicht so schlecht. Ich glaube, mit der Größe hat es nicht allzu viel zu tun, aber ich hab natürlich keinen Vergleich. Vielleicht küsse ich ja irgendwann mal einen Jungen, der größer ist als ich. Oder einen anderen, der auch kleiner ist, aber ganz anders küsst. Oder ein Mädchen, dann spielt es eh keine Rolle. Oder ich küsse erst mal niemanden mehr. Mal schauen. Es ist alles nicht so wichtig, wenn man nicht mehr ungeküsst ist.

―

Gerade bin ich aus der WhatsApp-Gruppe ausgetreten. 86 Nachrichten in Abwesenheit. *Magali!* hier, *Magali!* da, *Wie gehts dir denn?*, *Was machst du so?*, dies, das, Ananas, genau wie immer, wenn die Schule wieder anfängt und Cara, Aurelia und Kimberley merken, dass ich für sie nützlich sein könnte. Ich hab mir die Wölfe auf dem »Walddrama« angeschaut und auf »Gruppe verlassen« gedrückt.

Jetzt sitze ich hier und mein Tagebuch ist voll. Vielleicht übe ich ein bisschen Klavier.

Ja, ich glaube, das werde ich jetzt machen. Die neue Etüde. Mit allen falschen Tönen, die dazugehören.

Nikola Huppertz, geboren 1976, studierte Musik und Psychologie. 2007 gewann sie mit dem Manuskript ihres Debütromans »Karla, Sengül und das Fenster zur Welt« den Literaturwettbewerb der Bonner Buchmesse Migration. Seitdem hat sie mehr als 30 Kinder- und Jugendbücher, Lyrik und Prosa in Literaturzeitschriften, Geschichten für den Rundfunk und das Libretto zu einer Kinderoper veröffentlicht. Ihre Arbeiten wurden in diverse Sprachen übersetzt, vielfach nominiert und ausgezeichnet, zuletzt mit dem Evangelischen Buchpreis 2022. Sie hat eine Tochter und einen Sohn und lebt als freie Autorin in Hannover.

Regina Kehn studierte Illustration an der Hochschule für Gestaltung in Hamburg. Seit 1989 arbeitet sie als freie Illustratorin für Zeitschriften und Kinderbuchverlage. Für ihre Illustrationen wurde Regina Kehn mehrmals für den Deutschen Jugendliteraturpreis nominiert und erhielt 1996 die Bronzemedaille in der Sparte Illustration vom Art Directors Club Deutschland sowie 2016 den Rattenfänger-Literaturpreis der Stadt Hameln. Sie lebt mit ihrem Mann und ihren beiden Töchtern in Hamburg.

Die Arbeit an diesem Roman wurde mit einem Stipendium der VG WORT im Rahmen des vom BKM initiierten Programms NEUSTART KULTUR gefördert. Unter den schwierigen wirtschaftlichen und gesellschaftspolitischen Bedingungen während der Corona-Pandemie war es alles andere als selbstverständlich, ein literarisches Projekt mit Ruhe und Gründlichkeit umsetzen zu können. Ich bedanke mich herzlich für die Unterstützung. *Nikola Huppertz*

Besucht uns auf Facebook und Instagram!

TULIPAN-Newsletter
Tolle Lesetipps kostenlos per E-Mail!
www.tulipan-verlag.de

© Tulipan Verlag GmbH, München 2023
Alle Rechte vorbehalten
2. Auflage 2024
Text: Nikola Huppertz
Vermittelt durch die Literarische Agentur Barbara Küper
Umschlagmotiv: Regina Kehn
Druck: GGP Media GmbH, Pößneck
ISBN 978-3-86429-570-6

Von Sinuskurven und Herzklopfen

Nikola Huppertz
Schön wie die Acht
Mit s/w-Illustrationen
von Barbara Jung
240 Seiten, 14,8 x 21 cm
€ 14,00 (D)/€ 14,50 (A)
ISBN 978-3-86429-484-6
Ab 12 Jahren

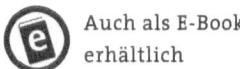 Auch als E-Book erhältlich

Malte trainiert für die Mathe-Olympiade, die er unbedingt gewinnen will. Doch zu Hause bricht das Chaos aus, als seine Halbschwester Josephine vorübergehend bei ihnen einzieht und ohne Vorwarnung Maltes geordnete Welt in eine Schieflage bringt. Zu allem Überfluss taucht auch noch Lale in seiner Mathe-AG auf, die nicht nur eine ernst zu nehmende Konkurrentin ist, sondern auch noch »schön wie die Acht«, und bringt ihn völlig durcheinander.

»Diese Geschichte überrascht gleich mehrfach, hat sympathische Helden und ist dabei spannend. Das ist eine Gleichung, die aufgeht!«
Katharina Mahrenholtz, NDR Info

Wahre Schönheit kommt von innen

Jutta Nymphius
Oben ohne
176 Seiten, 14,8 x 21 cm
€ 13,00 (D)/€ 13,40 (A)
ISBN 978-3-86429-486-0
Ab 12 Jahren

 Auch als E-Book erhältlich

Ausschneiden, kopieren, einfügen. Ein paar Klicks und schon zeigt das Foto Amelie mit makellosem Körper an einem Traumstrand. Wenn das Leben nur so einfach zu bedienen wäre wie Photoshop. Ihre Eltern stecken in einer Krise, ihr bester Freund fühlt sich fremd an und in der Schule muss sie sich spitze Kommentare von den Jungs gefallen lassen. Doch dann wendet sich das Blatt: Ihr Schwarm Elias scheint tatsächlich Interesse an ihr zu haben. Er gibt ihr das Gefühl, genau richtig zu sein. Als er sie nach einem Oben-ohne-Foto fragt, gerät sie in ein Dilemma. Kann sie Elias vertrauen?

»Einfühlsam, spannend und empowernd.«
Jana Kühn, BÜCHERmagazin